SAUERLÄNDER

Foto: Kristi Hedberg

Megan Shepherd wuchs in North Carolina, USA, auf. Bevor sie anfing zu schreiben, arbeitete sie als Buchhändlerin, Park Ranger und Erzieherin. Von ihr erschienen bisher fünf Romane für junge Erwachsene. »Die Geheimnisse von Briar Hill« ist ihr erstes Kinderbuch. Megan Shepherd lebt zusammen mit vielen Pferden auf einer Farm in den Bergen von North Carolina, USA.

Weitere Informationen zum Kinder- und Jugendbuchprogramm der S. Fischer Verlage gibt es auf
www.blubberfisch.de und *www.fischerverlage.de*

Megan Shepherd

Die Geheimnisse von Briar Hill

Aus dem Amerikanischen
von Susanne Hornfeck

SAUERLÄNDER

MIX
Papier aus verantwortungsvollen Quellen
FSC® C014496

Erschienen bei FISCHER Sauerländer

Die amerikanische Originalausgabe erschien 2016
unter dem Titel ›The Secret Horses of Briar Hill‹
bei Delacorte Press, an imprint of Random House Children's Books,
a division of Penguin Random House LLC, New York

Hedderichstr. 114, D-60596 Frankfurt am Main
Umschlaggestaltung: Norbert Blommel, Vreden
unter Verwendung einer Collage von Constanze Spengler
Satz: Pinkuin Satz und Datentechnik, Berlin
Druck und Bindung: GGP Media GmbH, Pößneck
Printed in Germany
ISBN 978-3-7373-5402-8

Im Andenken an
meinen Großvater

1. Kapitel

Ich habe ein Geheimnis.

Benny und den anderen Jungen werde ich es nicht verraten. Sie sind wie Hunde in der Nacht, knurren alles an, was sich bewegt, und jagen Katzen über die Landstraßen, nur um sie wegrennen zu sehen. Auch Anna werde ich es nicht verraten, obwohl sie so nett zu mir ist und mich ihre Farbstifte benutzen lässt, sogar den türkisfarbenen, den sie besonders mag, weil er sie an das Meer in der Nähe ihres Zuhauses erinnert. Schwester Constance hat mir erzählt, dass Anna vielleicht bald sterben muss und ich besonders vorsichtig und ruhig mit ihr umgehen soll. Deshalb muss ich in Annas Gegenwart auf Zehenspitzen gehen und so tun, als sei nichts. Und ich muss meine Geheimnisse für mich behalten.

Aber euch werde ich es verraten.

Hier ist mein Geheimnis: In den Spiegeln von Briar Hill leben geflügelte Pferde.

2. Kapitel

Anna schläft schon wieder.

Ich liege am Fußende ihres Bettes, um sie nicht zu wecken, und male auf die Rückseite der Propagandaflugblätter. Schwester Constance sammelt sie alle auf einem Stapel neben dem Kamin, weil Thomas, der Hausmeister, sie zum Anfeuern benutzt. Über Annas Kommode hängt ein Spiegel mit vergoldetem Rahmen. Er zeigt mein Spiegel-Ich und die schnarchende Spiegel-Anna. Das hier ist das Spiegel-Zimmer, dessen Fenster mit einer Wolldecke verhängt ist, damit unser Licht nachts nicht hinausscheint. Und im Spiegel-Türrahmen steht ein geflügeltes Pferd, das sich bestimmt nicht in Annas Zimmer befindet. Das Spiegel-Pferd schnuppert an der halbvollen Teetasse, die Anna auf dem Nachttisch hat stehen lassen. Es hat ein weiches graues Maul, an dem Teetropfen hängen, quecksilbrige Hufe und schneeweiße Schwingen, die eng am Körper anliegen. Es ist schwer, die Pferdeohren mit diesem Stift abzuzeichnen, weil sie rund und spitz zugleich sind.

Benny kommt herein und macht sich über meine Zeichnung lustig. Sein dünnes rotes Haar ist zurückgekämmt und in der Mitte gescheitelt. Seine scharfen, hungrigen Augen lassen mich an einen dieser ausgemergelten Jagdhunde denken, die immer auf der Suche nach Essbarem sind.

»Pferde haben keine Hörner«, sagt er.

»Das sind die Ohren.«

»Und sie haben auch keine Flügel.«

Meine Hand schließt sich fester um den Stift. »Manche schon.«

Benny rollt mit den Augen. »Klar, und Bog ist in Wirklichkeit ein Drache, auch wenn er wie ein flohstichiger alter Collie aussieht.«

Anna wacht auf und sagt Benny, dass er gehen soll. Er gehorcht, weil Anna die Älteste ist und ihn höflich darum gebeten hat.

»Komm her, Emmaline«, sagt Anna, »und zeig mir, was du gezeichnet hast.«

Ich krieche zu ihr; sie legt mir ihre Strickjacke um die Schultern und drückt mich fest, und es fühlt sich so an, als wäre ich bei ihr zu Hause. »Was für ein wundersames Wesen«, sagt sie, während sie meine Zeichnung betrachtet. »Du hast so viel Phantasie.«

Sie lächelt warm, aber ihr Atem riecht sauer, wie Milch, die zu lange gestanden hat. Ihr Gesicht ist sehr blass, einige Stellen sind wie von Kälte gerötet, obwohl wir schon seit Wochen nicht mehr draußen waren.

Ich schaue in den Spiegel.

Das geflügelte Pferd hat das Interesse an Annas Tee verloren und entfernt sich rückwärts aus dem Spiegel-Zimmer, wobei es mit dem Rumpf gegen die verwinkelten Wände des Spiegel-Korridors stößt. Ich halte mir die Hand vor den Mund, um nicht laut zu kichern. Anna kann das geflügelte Pferd im Spiegel nicht sehen.

Niemand kann das - nur ich.

Es war Spätsommer, als ich nach Briar Hill kam. Schwester Constance nahm mich gleich mit in ihr Büro und entfernte die Kennnummer, die an meinem Mantel steckte. Während sie in ein großes Buch schrieb, versuchte ich, zum Spiegel über dem Schreibtisch blickend, meine widerspenstigen Haarstoppeln zu glätten. Und da, plötzlich und ohne jede Ankündigung, kam ein geflügeltes Pferd durch die Spiegeltür gestapft, so selbstverständlich, als sei Schwester Constances Büro genau der Ort, nach dem es immer schon gesucht hat.

»Ein Pferd!«, schrie ich und deutete auf den Spiegel. Es beschnupperte Schwester Constances Schreibtisch. »Mit Flügeln! Und jetzt frisst es Ihr Lineal!«

Schwester Constance sah mich an, als hätte ich behauptet, Winston Churchill reite mit einem rosa Sonnenschirm auf einem Elefanten durch das besetzte Frankreich.

»Da!« Wieder deutete ich auf den Spiegel. »Jetzt hat es Ihren Bleistift!«

Sie wandte sich zum Spiegel um.

Sie blickte wieder zu mir.

Sie rief nach dem Arzt.

Dr. Turner kam und befühlte meine Stirn, dann unterhielten sie sich gedämpft beim Fenster, während ich immer wieder mit dem Finger gegen den Spiegel tippte, immer und immer wieder, so wie ich es mit den Aquarien beim Fischhändler getan hatte. Das Pferd reagierte nicht. Es sah mich nicht an, lehnte sich einfach gegen die Wandtafel und schlief ein, während ich die anderen Kinder vor Schwester Constances Tür über mich tuscheln hörte.

»Emmaline?«, fragt Anna. »Was gibt's zu kichern?«

Ich wende mich von dem geflügelten Pferd mit den Teetropfen am Maul ab. Anna hustet und drückt sich ihr Taschentuch vor den Mund. Auch in meinen Lungen regt sich etwas, still und zähflüssig wie morastiges Wasser. Es erinnert mich an das, was Mama immer zu Papa sagte, wenn er mich wegen meiner Verdrossenheit aufzog, *Lass sie, Bill. Die Schweigsamen haben ihren ganz besonderen Zauber. Du weißt doch, stille Wasser sind tief.*

Und diese Flüssigkeit, diese Krankheit - nichts in der Welt reicht tiefer.

»Emmaline?« Anna drückt meine Schulter.

»Nichts.«

Anna gibt mir die Zeichnung zurück. Mit meinem großen rosa Radiergummi radiere ich die Ohren aus, die ich falsch gezeichnet habe.

»Du magst Pferde, nicht wahr?«, fragt sie sanft.

Ich blase die Gummibrösel weg und zeichne die Ohren noch einmal. Benny ist doof, wenn er sie für Hörner hält.

»In der Bäckerei hatten wir Arbeitspferde«, sage ich und lasse dem Pferd ein Büschel Haare aus dem Ohr wachsen. »Einen großen Wallach und zwei braune Stuten. Spice, Ginger und Nutmeg. Sie waren schön. Sie hatten ein sandfarbenes Fell und dunkle Mähnen. Sie kamen nie, wenn die Bäckerjungen nach ihnen riefen, aber vor mir sind sie kein einziges Mal weggelaufen.«

»Ich glaube, Pferde wissen viel über uns Menschen«, sagt Anna.

Ich blicke zu ihr auf. Ihre Brauen sind gerunzelt wie die von Schwester Constance, wenn sie in der Vorratskammer die Dosen mit dem Schinken zählt. Jede Woche werden es weniger.

»Du musst sie schrecklich vermissen«, fügt Anna hinzu und streicht mir das Haar aus dem Gesicht. »Wenn du heimkommst, werden sie bestimmt an der Stalltür stehen und um einen Apfel betteln.« Wieder beginnt sie zu husten, tut aber so, als sei es nur ein Räuspern, und nimmt einen Schluck kalten Tee. »Dann kannst du ihnen von den fliegenden Pferden aus deinen Zeichnungen erzählen.«

Ich höre auf zu zeichnen.

Anna schaut aus dem Fenster, als hätte dort etwas ihre Aufmerksamkeit erregt. Nachdem Dr. Turner ihr eröffnet hatte, dass sie das Bett nicht mehr verlassen dürfe, haben die Schwestern eine Ecke der Decke zurückgeschlagen und festgesteckt, damit sie frische Luft bekommt. In dem Handspiegel, der auf ihrem Nachttisch steht, bewegt sich etwas. Drüben in der Spiegel-Welt geht ein geflügeltes Pferd vorbei. Ich erhasche nur einen flüchtigen Blick in der Spiegelung des Fensters. Es spreizt die Flügel, als hätte es den ganzen Vormittag geschlafen. Annas Augen wandern zum Spiegel. Wieder zieht sie die Brauen zusammen, diesmal vor Neugier.

Hat sie es gesehen?

Hat sie das geheime geflügelte Pferd gesehen?

Nach dem ersten Tag in Schwester Constances Büro habe ich nie wieder mit jemandem über die geflügelten Pferde gesprochen - nur insgeheim, nur ein bisschen, mit Anna. Alle anderen kichern hinter meinem Rücken über mich, Anna würde das niemals tun.

Einen Moment lang starrt sie in den Spiegel, und schon glaube ich, dass sie das Pferd ebenfalls gesehen hat.

Aber dann rückt sie seufzend ihre Haarspange zurecht und öffnet den zerlesenen *Leitfaden für junge Naturforscher* auf der markierten Seite. Sie blickt auf und schenkt mir ihr sanftes Anna-Lächeln. Doch diesmal kann sie den folgenden Husten nicht hinter dem Taschentuch verbergen. Das ganze Bett erbebt davon.

3. Kapitel

Schwester Constance hat eine neue Regel eingeführt, nachdem Benny gleich nach dem Frühstück ein gerissenes Huhn fand. Kreischend kam er in die Küche gerannt und ließ den toten Vogel mit den toten Flügeln schlagen und mit dem toten Kopf nicken. Schwester Mary Grace flüchtete schluchzend in die Spülküche. Schwester Mary Grace ist die jüngste Nonne und fürs Kochen und Saubermachen zuständig. Sie ist kaum älter als Anna, und Anna hätte auch geweint, wenn sie den toten, blutigen Vogel gesehen hätte. Dann hat Schwester Constance Benny ausgeschimpft und zu Thomas gesagt, er solle das Huhn auf der Wiese hinter der Scheune vergraben. Beim Mittagessen hat sie dann auf eine Teedose aus Blech geklopft, damit wir alle herhören.

»Kein Kind darf weiter als bis zur Küchenterrasse gehen, wegen der Füchse«, verkündete sie.

Doch ich schleiche mich nach dem Abendessen trotzdem hinaus, weiter als bis zur Küchenterrasse.

Ich will sehen, wie Thomas das Huhn vergräbt. Die anderen fürchten sich vor Thomas, dabei ist er erst zwanzig - kaum ein richtiger Mann. Benny sagt, er sei ein Monster. Aber Schwester Constance behauptet, Gott habe einen

Grund gehabt, warum er Thomas nur einen Arm gegeben hat. Und der Grund ist, dass er nicht gegen die Deutschen kämpfen muss wie die anderen jungen Männer aus dem Dorf, sondern hier bei uns im Krankenhaus bleiben und sich um die Hühner, die Schafe und das Gemüsebeet kümmern kann, damit wir Vitamine zur Stärkung bekommen. Ich weiß, dass Schwester Constance nicht lügen kann, schließlich ist sie eine Nonne. Aber manchmal fürchte auch ich mich vor Thomas. Deshalb verstecke ich mich hinter dem Holzstoß und beobachte von dort, wie er das Huhn vergräbt.

Jetzt, Anfang Dezember, ist der Boden gefroren, und es muss schwierig sein, mit nur einem Arm zu graben, aber er schafft es. Da, wo der andere Arm sein sollte, ist nur ein leerer Ärmel, der mit einer großen Sicherheitsnadel an der Schulter seiner Jacke festgesteckt ist. Thomas legt das tote Huhn in das Loch. Als er sich unbeobachtet fühlt, fährt er mit den Fingern über die weißen, weißen Federn. Ich frage mich, ob sich das an seinen Fingern genauso anfühlt, wie es bei mir der Fall wäre. Ob weiße Federn sich bei Benny und Anna und Schwester Constance und Thomas und mir gleich anfühlen, oder ob Hühner nur unter meinen Händen warm und lebendig sind, wie Steine, die man in der Sonne liegen lässt. Dann begräbt Thomas den Vogel unter der roten Erde, und er ist weg.

4. Kapitel

Dr. Turner kommt jeden Mittwoch, um uns in dem kleinen Raum zu untersuchen, der früher die Butlerkammer war. »Erzähl mir, wie es dir geht, Emmaline«, sagt er freundlich. Alles an Dr. Turner ist freundlich. Die Art, wie er sein Stethoskop anwärmt, bevor er es an meine Haut drückt. Die Schokolade, die er mir zusteckt, wenn Schwester Constance nicht hinschaut. Wie er mir mit seinen wolligen grauen Raupen-Augenbrauen ein Zeichen gibt.

Dr. Turner ist wie Thomas: Er ist nicht ganz. Nur ganze Männer können in den Krieg ziehen und gegen die Deutschen kämpfen. Aber Dr. Turner fehlt kein Arm oder Bein oder Finger. Ihm fehlt ein Teil seines Herzens, seit er seine Tochter und seine Frau bei einem Bombenangriff verloren hat. Dieser Verlust lässt ihn jedes Mal zusammenzucken, wenn ein Gewitter kommt. Und einmal, als der Blitz ins Blechdach einschlug, ist er unter den Küchentisch gekrochen und hat gewinselt wie ein Hund, und Schwester Constance und Schwester Mary Grace mussten ihn mit einer Tasse schwachem Tee wieder hervorlocken. Sein weißer Kittel war an den Achselhöhlen schweißnass.

Dr. Turner legt das Ende seines Stethoskops auf meinen

Rücken und lauscht meinem Atem. Die Regale, auf denen einst hübsches Geschirr stand, sind jetzt mit Pillenschachteln, Jodtupfern und Spateln gefüllt.

»Nimmst du auch deine Medizin, Emmaline?«

In dem großen Untersuchungsspiegel hinter ihm kratzt sich ein geflügeltes Pferd das Ohr am Fensterrahmen.

»Ja, Dr. Turner.«

Er runzelt die Stirn, als glaubte er mir nicht, dann holt er Block und Bleistift heraus, den er mit der Zunge anfeuchtet. An den Schrank gelehnt, notiert er etwas, während ich dem Pferd eine Grimasse schneide; es kratzt sich weiter am Ohr. Ich frage mich, was es sieht, wenn es durch den Spiegel zu mir herüberblickt. Ich frage mich, ob sich die Spiegel-Welt anders anfühlt als unsere Welt: ob dort drüben kalt noch kalt ist und heiß noch heiß und ob Schwester Constances Lineal dem Pferd tatsächlich so gut schmeckt.

Dr. Turner hat aufgehört zu schreiben, faltet den Zettel in der Mitte und reicht ihn mir. »Gib das Schwester Constance, sie soll es beim Apotheker in Wick besorgen.«

»Ja, Dr. Turner.«

»Und die klebst du an deine Tür. Die Letzte scheint heruntergefallen zu sein.«

Er gibt mir eine blaue Karte. Er benutzt diese Karten, damit die Schwestern wissen, welche Therapie wir die Woche über brauchen. Es gibt drei Farben: Blau für Patienten, denen es gut genug geht, um Bewegung an der frischen

Luft zu haben; Gelb für jene, die im Haus bleiben müssen; und Rot für die *eine* - denn das betrifft nur Anna -, die zu krank ist, um das Bett zu verlassen.

Dr. Turner scheint in Gedanken bereits woanders, aber ich räuspere mich unüberhörbar laut. Er klopft auf seine Jackentasche. »Ach, beinahe hätte ich's vergessen.« Er reicht mir die in Stanniol verpackte Schokolade, wie einem Soldaten seine Essensration. »Unser kleines Geheimnis, ja?«

Ich lächle.

Mit Geheimnissen bin ich gut. Ich habe niemandem erzählt, dass ich Jack dabei beobachtet habe, wie er bei der Scheune auf einen Igel gepinkelt hat, und er hat mich mit seiner Lionel-Dampflok spielen lassen, damit ich den Mund halte.

Na ja, ihr wisst es jetzt, aber ihr werdet bestimmt nichts verraten, da bin ich mir sicher.

Dr. Turner schaut auf seine Liste. »Schick mir Kitty rein.«

Ich rutsche von der Untersuchungsliege und strecke den Kopf in Schwester Constances Klassenzimmer, wo sie den Kleinen das Buchstabieren beibringt, und richte aus, dass Kitty als Nächstes dran ist. Dann marschiere ich durch die Diele. Wir Älteren haben erst am Nachmittag Unterricht, deshalb habe ich Zeit für mich, wenigstens ein bisschen. Die Spiegel hier sind leer, aber der Boden bebt, und ich frage mich, ob es die geflügelten Pferde in ihrer Spiegel-Welt sind oder nur Thomas, der sich unten am Ofen zu schaffen macht. Ich passe meine Schritte dem *Bumm-Bumm-Bumm* an, bis ich die schmale Treppe erreicht habe. Ich blicke mich nach Wilde-Hunde-Jungen mit gescheitelten Haaren um, aber die Luft ist rein. Ich renne die Treppe hinauf, vorbei am Wohnbereich bis zum Dachboden. Dort wickle ich Dr. Turners Schokolade aus und will gerade hineinbeißen, als mich aus dem Schatten ein Gesicht anspringt.

Ich schreie auf.

Benny lacht sein schrilles Lachen. Hinter den Balken auf der anderen Seite taucht Jack auf. Er hält sich die Seite vor Lachen, als wäre mein Schreck so lustig, dass ihm deswegen die Rippen weh tun.

»Ihr dürft nicht hier oben sein!«, sage ich. »Bis zum Nachmittagsunterricht habt ihr Küchendienst!«

Benny legt eine Hand auf das Treppengeländer und beugt sich über mich. »Dasselbe gilt für dich, Floh.«

Ich presse die Hand an meine Haarstoppeln. »Ich *habe* keine Flöhe.«

Bennys liebster Popeye-Comic liegt zu seinen Füßen auf der Treppe. Rauch hängt in der Luft. Ich weiß nicht, wie Benny und Jack an die Zigarette gekommen sind. Nicht einmal Dr. Turner würde in Wick Zigaretten auftreiben können.

Wütend lasse ich die Hand sinken. »Schwester Constance wird euch bei lebendigem Leib die Haut abziehen, wenn ich ihr erzähle, dass ihr hier oben raucht.«

Bennys Augen verdüstern sich, seine Nase gleicht jetzt noch mehr einer Hundeschnauze. Ich weiche ein paar Zentimeter zurück, doch sein Blick fällt auf etwas, das neben seinem Comic auf dem Boden liegt. Er hebt es auf. »Und was ist das?«

Die silberne Verpackung blitzt auf. Meine Schokolade!

»Gib sie zurück!«

Er hält sie hoch und schwenkt sie über dem Kopf, seine Augen leuchten boshaft. »Wem hast du die geklaut?«

»Ich hab sie nicht gestohlen. Jemand hat sie mir gegeben, aber ich kann dir nicht sagen, wer!«

»Noch ein Geheimnis?«, höhnt er. »Du kannst doch nichts für dich behalten.«

»Das stimmt nicht!« Ich hasche nach der Schokolade. »Gib sie zurück!«

Aber seine Augen glühen. Schokolade bedeutet für ihn dasselbe wie für mich - wie für uns alle. Eine Erlösung vom täglichen trockenen Brot und den wässrigen Bohnen. Eine süße Erinnerung, etwas, das nur uns gehört, etwas von früher.

Plötzlich zwickt mich Benny in den Unterarm, da wo der Ärmel meiner Bluse aufhört. Ich jaule vor Schmerz auf, aber sein Griff wird umso fester. Er ist mager für einen Jungen von dreizehn, aber kräftig. »Versprich, dass du Schwester Constance nichts von der Zigarette erzählst.«

»Au!«

»Versprich es.«

»Die gehört mir! Gib sie zurück, oder ich verpetze euch!«

Jack tigert unterdessen wie ein wilder Hund an der Treppe auf und ab. Jetzt streckt auch er die Hand aus und zwickt mich in den anderen Arm, dabei kichert er.

»Versprich, dass du dichthältst, dann gebe ich dir die Schokolade zurück«, sagt Benny.

»Autsch! Ich verspreche es.«

Er zwickt mich ein letztes Mal, bevor er mich loslässt. Ich reibe mir den Arm. Jack grinst mich mit seinen gelben Zähnen an und muss vor lauter Aufregung so schlimm husten, dass er sich krümmt.

Ich strecke die Hand aus.

Benny grinst nur.

Er reißt den Rest der Verpackung herunter und steckt sich die Schokolade in den Mund.

»Welche Schoholaaade?«, nuschelt er, braune Spucke läuft ihm übers Kinn. Ich fühle, wie ich wachse, zwei, drei, vier Zentimeter, bis meine Wut ihn überragt.

»Ich hasse dich!« Ich schubse ihn, aber er lacht bloß, dann renne ich die Treppe hinunter. Vorbei an Dr. Turners Butlerkammer, wo der kleine Arthur, der nie etwas sagt, stille Tränen wegen einer Spritze weint, die er gleich bekommen wird. Und dann hinunter bis in die Küche. Schwester Mary Grace steht am Herd über einen Kupferkessel gebeugt. Ihr müdes Gesicht ist nass vom Dampf.

»Emmaline, hol mir eine Zwiebel aus der Speisenkammer. Die von weiter unten sind sicher noch brauchbar, wenn man die äußere Schicht entfernt -«

Ich stürme zur Hintertür hinaus auf die Küchenterrasse. Kinder spielen Ball mit ein paar Rüben und versuchen damit zu jonglieren. Als sie mir den Rücken zuwenden, verschwinde ich um die Ecke und über die Gartenmauer, auch wenn es verboten ist, sich vom Haus zu entfernen.

Ich schere mich nicht um solche Verbote.

Ich habe keine Angst vor Füchsen.

5. Kapitel

Draußen ist es kalt, in den tiefergelegenen Feldern hängt noch der Nebel. Ich renne bis zum Haupttor des Parks, das Thomas schon vor langer Zeit mit einem Vorhängeschloss versehen hat. Vor dem Krieg war das Krankenhaus nämlich kein Krankenhaus, sondern das Haus einer schönen, reichen Prinzessin. Aber sie war alt, und ihr denkt jetzt wahrscheinlich, dass das nicht nach Prinzessin klingt, doch es stimmt. Als es mit den Bombardierungen losging, zog die Prinzessin zu Verwandten und überließ das Haus den Barmherzigen Schwestern. Sie stellten viele Betten in die Zimmer und verhängten die Fenster mit Decken wegen der Verdunklung. Erst zogen die Nonnen ein, dann die Kinder. Sie kamen mit Zügen. Mit rumpelnden Zügen, während draußen die Bomben explodierten. Unsere Nachbarn wurden mit den ersten Zügen nach Dorset evakuiert. Aber die hatten ja auch nicht das Stillwasser. Doch Benny hat es und Anna und ich. Alle Kinder im Briar-Hill-Krankenhaus haben das Stillwasser, und darum sind wir hier, weil wir uns nicht gegenseitig anstecken können. Wir sind bereits infiziert.

Schwester Mary Grace hat mir erzählt, dass das Anwesen sehr schön gewesen sein muss, als die Prinzessin noch hier wohnte. Junge Männer und Frauen, die sogar bis aus London anreisten, spazierten im ummauerten Park zwischen Rosenbüschen, Statuen und gurgelnden Fontänen. Die Glastüren des Ballsaals waren offen, so dass Musik auf die weiten Rasenflächen hinausdrang, wo die Gäste Krocket spielten. Aber die Prinzessin hatte ein ganzes Heer von Gärtnern, und wir haben nur noch Thomas, und Thomas hat nur noch einen Arm. Deshalb ist das Tor zum Park verschlossen und die Dornenranken werden jeden Tag länger.

Aber der Efeu ist wie eine Leiter, man kann an ihm leicht über die Gartenmauer klettern. Ich muss nur meinen Rock zwischen die Beine klemmen. Auf der anderen Seite lande ich an einem verwunschenen Ort. Es gibt Bänke, die allmählich unter Geißblattgebüsch verschwinden, und verwitterte Statuen griechischer Götter, auf deren Gesichtern Moos wächst. Ich wandere durch ein Labyrinth aus Mauern und gelange in den kleineren Garten an der Seite. In seiner Mitte steht eine Säule, die mir bis zur Schulter reicht und an deren Ende eine Sonnenuhr befestigt ist. Sie hat ein rundes Zifferblatt und einen Zeiger, der sich in den Himmel reckt und mit seinem Schatten die Zeit anzeigt. Er scheint aus Gold oder Messing zu sein und war früher sicher einmal so blank, dass man darin die geflügelten Pferde erkennen konnte, aber jetzt ist er matt und fleckig. Ich setze mich auf eine Bank, unter mir knirschen die Ranken. Ich puste in meine Hände, um sie zu wärmen.

Plötzlich raschelt es, und ich erstarre.

Ich habe die Füchse nicht vergessen.

Ich halte den Atem an und lausche. Da. Wieder raschelt es, direkt hinter dem Mauervorsprung. Etwas bewegt sich. Kann das wirklich ein Fuchs sein? Und dort, drüben bei den Statuen. Die Ranken, die über die Mauer wachsen, erzittern plötzlich, und ich sauge hörbar die Luft ein.

Das Etwas muss größer sein als ein Fuchs.

Ich verharre bewegungslos. Nur mein Atem geht. Und mein Herz schlägt. Ist es das, was Papa an der Front erlebt? Dass jeden Moment Kugeln gegen die Mauer krachen können? Dass Gas heranweht wie Morgennebel?

Klonk.

Ich schreie auf. Der Efeu zittert jetzt heftig. Soll ich wegrennen?

Klonk, klonk.

Es kommt näher! Ich lasse mich auf die gefrorene Erde sinken. Ich robbe durch Gräben aus dürrem Gras. Benny hat uns mal von einem deutschen Flugzeug erzählt, das in einem Sturm von der Route abkam und auf englischem Boden abgestürzt ist. Was, wenn das ein deutscher Pilot ist, verirrt und zornig? Mein Herz donnert in der Brust. Der Zweig einer Weide bricht unter meinem Arm, ich schreie auf.

Klonk, klonk, klonk.

Es muss ein deutscher Pilot sein, ganz bestimmt. Und er hat ein Gewehr und wird nicht auf mich hören, wenn ich ihm sage, dass ich nur ein Kind bin, denn er versteht ja kein Englisch. Außerdem könnte ich eine Spionin sein!

KLONK.

Gleich da hinter der Mauerecke muss er sein. Mir bleibt keine Zeit. Ich packe die abgebrochene Weidenrute, schwenke sie über meinem Kopf und stehe auf. Egal ob Füchse oder deutsche Flieger, Papa wäre jetzt tapfer. Und genauso muss ich jetzt tapfer sein.

Ein Schnauben.

Schweres *Klonk, klonk, klonk.*

Da streckt ein Pferd den Kopf um die Ecke. Es ist fast völlig weiß - es hat eine seidige weiße Mähne, ein graues Maul und Flügel, schneeweiße Flügel, die weich, riesig und ganz und gar wirklich sind.

Ich lasse die Weidenrute fallen.

»Du bist kein deutscher Soldat!«, rufe ich.

Das Pferd blinzelt.

»Was bist du?«

Aber ich weiß es. Oh, ja, ich weiß es.

Grasbüschel kitzeln mich an den Knöcheln, und der Wind beißt mir in die Nase, doch ich kann nur unablässig dieses Pferd anstarren. Es stammt aus der Spiegel-Welt! Aber wie ist es herübergekommen? Und weshalb? Die geflügelten Pferde verlassen niemals ihre Welt - sie haben auch dann keinen Blick für mich, wenn ich an die Spiegel im Krankenhaus klopfe.

Das Pferd macht einen vorsichtigen Schritt zur Seite, seine dunklen Augen sind auf mich gerichtet.

Ich schaue zum goldenen Zeiger der Sonnenuhr hinüber, doch selbst wenn er noch glänzen würde, wäre das Pferd viel zu groß, um sich dort hindurchzuzwängen. Und wenn es aus einem der Spiegel im Krankenhaus geklettert ist, hätten wir das Bersten von Glas hören müssen. Vielleicht ist es der reflektierenden Wasserfläche des Springbrunnens entstiegen? Aber sein Fell ist nicht von Eiswasser durchnässt.

Ich halte erschrocken die Hand an den Mund.

Was, wenn ... wenn es gar nicht in unsere Welt herübergekommen ist. Was, wenn ich in *seiner* Welt gelandet bin?

Ich betaste mein Kleid, meine Haare, den Efeu. Nein, wir sind in unserer Welt. Der Himmel ist grau. Der Boden ist grau. Meine Kleider sind grau. In der Welt hinter den Spiegeln gäbe es nicht so viel Grau, denke ich.

Das geflügelte Pferd beobachtet mich von der anderen Seite des Gartens, zwischen uns liegt der Springbrunnen. Es schnaubt laut, dann scharrt es mit den Hufen, die die Farbe von Quecksilber haben. Rostrote Erdklumpen werden in die Dornenranken geschleudert. Ich muss daran denken, wie ich in die Küche renne, wenn Benny hinter mir her ist und ich hinter der sicheren Insel des Tisches Schutz suche.

Aber dieses Pferd ist nicht Benny. Es hat mächtige Hufe. Gewaltige Zähne. Der Springbrunnen wird es nicht aufhalten.

Ich packe die Weidenrute und fuchtle damit herum.

Wir starren einander an, mein Herz macht *poch-poch, poch-poch*, in meinem Kopf dreht sich alles. Ich kann nicht glauben, dass es da steht. Selbst nachdem ich seinesgleichen im Spiegel gesehen habe, kann ich nicht glauben, dass es wirklich existiert.

Mit einem weiteren Schnauben bricht es den Bann und macht einen Satz vorwärts. Ich umklammere die Weidenrute wie ein Schwert, aber es greift mich nicht an. Sein Hals beugt sich, es senkt das Maul zum Springbrunnen hinab. Wieder. Und noch einmal.

Ich lasse die Rute sinken.

Nein, das ist kein blutrünstiges Monster aus einer von Bennys Geschichten.

Es versucht einfach nur zu trinken.

Es blickt mich an, und diesmal schaue ich genauer hin. Es ist ein Mädchen. Ich erkenne es in ihren Augen, eine ganz bestimmte Zartheit. Ich weiß es einfach.

Die Fontäne sprüht schon lange nicht mehr, gefrorenes Regenwasser füllt das Bassin. Die Stute scharrt, scharrt, scharrt mit dem quecksilbrigen Huf. Zwischen den Augen hat sie eine dunkle Blesse in Form eines Sterns - nein, es ist eine Flamme. Ein Kribbeln breitet sich in meinem Körper aus. Also hatten Schwester Constance und Dr. Turner doch nicht recht. Die geflügelten Pferde existieren nicht bloß in meiner Einbildung. Es gibt sie wirklich. Diese Stute gibt es wirklich. Ich möchte auf geflügelten Sohlen ins Krankenhaus zurücklaufen und es ihnen erzählen, es herausschreien und sie herbringen ...

Aber nein.

Nein.

Ich erinnere mich an Schwester Constances Gesicht. Und an das von Dr. Turner. Und an das Tuscheln der anderen Kinder.

Sie haben mir vorher nicht geglaubt, und sie werden mir auch jetzt nicht glauben. Und das ist in Ordnung so. Geheimnisse sind bei mir gut aufgehoben, auch wenn Benny das Gegenteil behauptet. Und dieses Geheimnis - dieses Pferd - ist mein Geheimnis. Es gehört mir allein.

Das Pferd scharrt wieder, ärgerlich stößt sein Maul gegen das Eis. Ich mache einen Schritt, hebe vorsichtig die Weidenrute. Das Pferd weicht zurück, witternd wie ein Hirsch, der aus dem Wald tritt. Ich benutze den Stock, um das Eis in dem Bassin aufzuschlagen, stoße so fest zu, wie ich kann, und ziehe mich dann wieder zur Mauer zurück. Mein Herz pocht. Wenn ich das Pferd anschaue, spüre ich im Mund einen leichten, kaum wahrnehmbaren Aschegeschmack.

Sie macht einen Schritt vorwärts. Dann noch einen. Vorsichtig. Schließlich senkt sie den Kopf und trinkt lange und mit tiefen Zügen von dem Wasser unter dem Eis. Sie muss sehr durstig gewesen sein und hat sich wohl schon lange nicht mehr satt trinken können.

6. Kapitel

Ich liege die ganze Nacht wach und wünsche mir, dass es keine Schulaufgaben und kein Abendessen und kein stilles Gebet gäbe, denn dann hätte ich bei dem geflügelten Pferd bleiben können.

Zuerst frage ich mich: Wie ist das Pferd in den Sonnenuhrgarten gekommen?

Dann fällt mir ein: Es hat ja Flügel, ich Dummkopf, es kann fliegen.

Doch dann denke ich: Warum ist es nicht weggeflogen?

Und schließlich fürchte ich, dass es genau das getan haben könnte.

Deshalb stehe ich in der Morgendämmerung auf, auch wenn ich weiß, dass Gott alles sieht und es Schwester Constance womöglich verraten wird. Ich klettere über die Gartenmauer, in meiner Tasche steckt eine alte Rübe aus der Speisenkammer. Meine Befürchtung, das geflügelte Pferd könnte nicht mehr da sein, wächst. Aber da ist es. Die Stute steht bei der goldenen Sonnenuhr, die, wie alles andere, bald vom Dornengestrüpp überwuchert sein wird.

Sie hört mich kommen und hält im Scharren inne. Sie

wendet mir ihr wunderschönes graues Maul zu und betrachtet mich durch den Nebel. Sie ist noch zauberhafter, als ich sie in Erinnerung habe. Für ein Pferd ist sie eher klein, aber kleine Dinge können wunderbar sein. Ihre Flügel sind weiß wie Zucker, aber ich wette, dass sie sich weich und warm anfühlen, wie bei Hühnern.

»Emmaline?«

Im Krankenhaus ruft jemand meinen Namen, wahrscheinlich Schwester Mary Grace.

Die Augen des geflügelten Pferdes weiten sich. Papa erzählt Geschichten von Pferden wie diesem, sie leben ungezähmt in der Prärie. Er sagt, in Amerika gibt es Täler voller Pferde, die noch nie einen Menschen gesehen haben. Die Cowboys treiben sie in riesige Pferche, in denen sie immer dichter zusammengedrängt werden, bis sie schließlich merken, dass sie gefangen sind. Für manche ist es in Ordnung, gezähmt zu werden; sie ziehen Wagen und tragen Sättel. Aber andere gewöhnen sich nie daran.

»Hast du einen Namen?«, frage ich.

Das geflügelte Pferd bläht die Nüstern.

Und ich bemerke, dass es den einen Flügel ganz dicht am Körper hält. Ich mache einen vorsichtigen Schritt vorwärts. Die Federn am Flügel sind so lang wie mein Arm und handtellerbreit. Sie liegen eng übereinander wie ein Schutzschild und sind von einer Art Wachs überzogen, damit der Regen abperlt. Sie ragen aus der Schulter des

Pferdes, und dort, wo sie auf den Knochen treffen, ist die Haut rot und geschwollen.

»Was ist passiert?«

Das Pferd hält inne. Die Ohren angelegt, dreht es den langen, anmutigen Hals und vertreibt mit dem Schweif eine Fliege von seiner Flanke. Ich versuche, mir die Form der Hinterbeine einzuprägen - die glatten Bögen und langen Geraden -, damit ich sie später mit Annas Farbstiften zeichnen kann.

Dann fällt mir etwas ein. »Ich weiß, warum du gekommen bist«, sagte ich zu ihr. »Ich glaube, du gehörst zu den anderen Pferden, zu denen in den Spiegeln, aber du bist irgendwie in unsere Welt gekommen. Weil du verletzt bist und dies ein Ort ist, an dem man wieder gesund wird. Aber mach dir keine Sorgen, außer mir kommt niemand hierher. Du kannst bleiben, so lange wie du möchtest.«

»Emmaline?« Wieder ruft Schwester Mary Grace nach mir. »Bist du da draußen?«

Ein Schatten huscht über das geflügelte Pferd. Ein dunkler Schatten mit ausgestreckten Schwingen, der das Pferd und die Sonnenuhr schluckt. Vom Krankenhaus her schrillt eine Sirene. Das Pferd stellt die Ohren auf, ich drehe mich zu dem an- und abschwellenden Heulen um.

Die Luftschutzsirene.

Dann blicke ich dem Schatten nach. Ein Flugzeug! Die Deutschen greifen an! Ich lasse mich auf die Knie sinken und schütze meinen Kopf mit den Händen, wie man es mir in der Schule beigebracht hat. Ich kann nicht glauben, dass die Deutschen ausgerechnet hierher nach Shropshire kommen. Sie bombardieren Städte, keine Rübenäcker. Eigentlich sollten wir hier sicher sein.

Eine Minute später, als immer noch keine Bombe eingeschlagen hat, blicke ich auf. Die Sirene heult und heult. Das geflügelte Pferd blinzelt ruhig in den Nebel.

Ich habe mich getäuscht. Der dunkle Schatten ist viel zu still, um ein Flugzeug zu sein.

Und die Sirene ...

»Verflixt!« Ich renne zur Gartenmauer. »Keine Angst, das ist nur eine Übung«, rufe ich dem Pferd über die Schulter zu. »›Die halbe Stunde tut uns gut, wir sind flink und auf der Hut.‹« Als ich über die Mauer klettere, fällt mir meine Lehrerin in Nottingham ein, die mit den Händen dirigierte, während wir diesen Vers hinter den dicken Gasmasken aus Gummi gemeinsam aufsagten.

Die anderen Kinder bilden bereits eine ordentliche Reihe am Rand der Küchenterrasse. Mit den Masken haben sie schwarze Gummigesichter, zwei starrende Augen und eine lange, runde Eisenschnauze. Thomas und Schwester Constance heben Anna, die in einem Korbstuhl mit Rädern sitzt, die eingesunkenen Stufen zur Küche hinauf, obwohl sie die beiden wegzuscheuchen versucht. Sie versichert, dass sie allein gehen könne, wenn man sie nur ließe. Doch

Constance will sich ihre Übung nicht dadurch ruinieren lassen, dass irgendwer auf die Steinstufen fällt und sich den Kopf aufschlägt.

»Emmaline!« Schwester Mary Grace legt vor Erleichterung die Hände an die Brust, als sie mich rennen sieht. Aber gleich darauf wird ihr Gesicht ärgerlich. Sie hält mir meine Gasmaske hin, die ich am Bettpfosten zurückgelassen habe, dann streift sie sich ihre eigene über.

»Tut mir leid, Schwester –«

»In die Reihe.« Ihre Stimme hat sich in die einer Außerirdischen verwandelt. »Mach schon. Schnell.« Sie deutet auf das Ende der Schlange.

Ich nestle an den Lederriemen herum, und schließlich bin auch ich ein außerirdisches Wesen. Sobald wir in Reih und Glied stehen und Anna die Stufen geschafft hat, hört Schwester Constance auf, an der Kurbel der Sirene zu drehen. Auf ihr Nicken hin marschieren wir los, die Knie hoch, die Fäuste geballt, die Arme angewinkelt umrunden wir die Hausecke und erreichen die Kellertreppe. Wir steigen hinunter, setzen uns im Schneidersitz ins Stroh und starren auf die Masken der anderen.

Schwester Constance duckt sich unter der Tür durch. Sie hat eine Stoppuhr in der Hand und drückt auf den Knopf.

»Eine halbe Stunde, Kinder.« Die Riemen ihrer Maske bauschen ihren Schleier. »Absolute Ruhe. Jetzt ist Zeit, für unsere Soldaten, die an der Front kämpfen, zu beten.«

Dann verschwinden sie und Schwester Mary Grace. Zwanzig kleine Außerirdische rutschen ungeduldig auf dem Boden herum und husten hinter ihren Masken.

Anna, in ihrem fahrbaren Korbstuhl, streicht sich behutsam den Rock über den Knien glatt. Die kleinen Mädchen, die stets aneinanderhängen wie drei Mäuschen, halten sich an den Händen und spielen ein Spiel, bei dem man die Hände der anderen drücken muss und dessen Regeln nur sie kennen. Peter kratzt an einer verschorften Stelle an seinem Arm herum.

Die Kinder bewegen sich, um warm zu bleiben.

Jemand hustet laut.

»Mensch, ist das langweilig«, stößt ein anderer hervor und streckt die Beine aus. Hinter der Maske kann ich nicht sagen, ob es Jack oder sein Bruder Peter ist. »Außerdem ist Frühstückszeit. Der Tee wird kalt.«

»Benimm dich nicht wie ein Baby, Jack.« Bennys Rüge klingt, als spräche er in eine Blechdose.

Jack verschränkt die Arme. »Andernfalls was?«

Benny setzt sich auf. »Andernfalls *was*? Das kann ich dir sagen.«

Er beugt sich vor, die Gasmaske lässt seinen Atem zu langsamen und gefährlichen Meereswogen werden, aus und ein, aus und ein. »Weißt du, was Captain Cook auf seinen Reisen in der Südsee entdeckt hat? Dass Menschenfresser keine Erwachsenen mögen. Zu zäh und schwer zu kauen. Sie bevorzugen das zarte Fleisch von Kindern. Vor allem Babys, die mit Spielzeugeisenbahnen spielen und über kalten Tee jammern. Du wärst ein Leckerbissen für sie.«

»Das ist doch Quatsch«, erwidert jemand.

Bennys Gummigesicht fährt herum, wandert von einem Kind zum nächsten. »Es stimmt. Und wenn ihr meint, ihr wärt hier sicher, dann täuscht ihr euch.« Seine Stimme wird leiser. »Wieso, glaubt ihr, wohnt Thomas in diesem kleinen Cottage? Weil er dort weit genug vom Krankenhaus weg ist und die Schwestern die Schreie der Kinder nicht hören, die er sich geschnappt hat.«

Anna schnaubt hinter ihrer Maske. »Sei nicht albern.«

Benny beachtet sie nicht. »Er verspeist sie nicht selber, nein.«

Alle Augen sind auf Benny gerichtet. »Obwohl er manchmal vielleicht ein bisschen an ihnen knabbert. Verständlich, wo ihr Fleisch doch so lecker riecht. Er besorgt sie für die Hexen, die im Wald leben. Hält sie in Käfigen in seinem Cottage, wo er sie mit Milch aufpäppelt wie Lämmer. Dann erst liefert er sie an die Hexen.«

Anna beugt sich nervös in ihrem Stuhl vor. »Hör sofort auf damit, sonst hole ich -«

»Einmal hat ihm ein Kind leidgetan«, fällt Benny ihr ins Wort. »Ein kleines Baby, das schrie und schrie, und er hat es zu seiner Familie in Wick zurückgebracht. Die Hexen waren so wütend, dass sie ihm stattdessen den Arm genommen haben. Zur Strafe. Sie haben ihn abgeschnitten wie einen dürren Ast.«

»Das ist Unsinn«, sagt Anna. »Er ist ohne Arm auf die Welt gekommen.«

Doch niemand hört auf Anna, niemand außer mir.

»Und der Hund. Wisst ihr, warum er Bog heißt? Weil er die Kinder aufspürt. Er treibt sie im Moor zusammen, damit sie ertrinken, nachdem Thomas sie für die Hexen gemästet hat.«

»Schluss jetzt!« Anna erhebt sich schwankend. Sie zieht sich die Gasmaske herunter. Ihre Locken sind zerzaust, und ihr Gesicht hat rote Druckstellen von der Maske. »Genug, Benny. Kein Wort davon ist wahr. Du denkst dir das alles nur aus, als wären es Geschichten aus einem Comicheft und -«

Von der Kellertür ertönt ein Klicken. Schwester Constance mit der Stoppuhr, die anzeigt, dass die halbe Stunde um ist. Sie trägt keine Gasmaske mehr und wirft Anna einen strengen Blick zu.

Anna setzt sich rasch wieder in ihren Stuhl.

»Zurück nach oben, Kinder«, kommandiert Schwester Constance.

Mit hängenden Köpfen trotten wir hinaus auf den Rasen hinter dem Haus, die Masken baumeln an unserer Seite. Von der Küchenterrasse werfe ich einen Blick auf die Gartenmauer. Ich möchte das weiße Pferd so bald wie möglich wieder besuchen.

Und dann bleibt mein Blick an Thomas' Cottage hängen.

Bennys Geschichte ist natürlich nicht wahr.

Auf keinen Fall.

Drinnen stellen wir fest, dass Jack recht hatte. Der Tee ist kalt.

7. Kapitel

Ich darf keinem von dem Pferd im Garten erzählen.

Ich darf es nicht.

Aber ich habe das Geheimnis schon den ganzen Nachmittag bewahrt, und es frisst mich von innen auf wie Maden einen toten Vogel. Sobald der Unterricht von Schwester Constance zu Ende ist, stürme ich in Annas Zimmer. Sie liest. Ich hüpfe auf ihr Bett und presse den Mund an ihr Ohr.

»Im Sonnenuhrgarten ist ein weißes geflügeltes Pferd«, flüstere ich.

Sie lacht freundlich, als mein Atem ihre Locken streift, und markiert die Stelle in ihrem Buch mit dem rosafarbenen Stift, dann zieht sie mich zu sich. »Du meine Güte, ich dachte, die gäbe es nur in den Spiegeln.«

»Das dachte ich auch!« Ich schaue zur Tür. »Aber eines ist rausgekommen. Ich trau mich nicht, es jemand zu erzählen, nur dir. Sonst bringen sie es womöglich weg. Und außerdem ist es am Flügel verletzt.«

Anna nickt langsam, tief in Gedanken. »Wahrscheinlich braucht es deine Hilfe. Du hast dich doch in Nottingham um die Pferde gekümmert, oder? Die Bäckereipferde, nicht wahr?« Sie streicht über mein Haar. »In Städten sieht man heute kaum noch Pferde.«

Ich lege mein Ohr an ihre Brust, weil ich so gern ihren Herzschlag höre. Wenn ich ein bisschen tiefer rutsche, macht ihr Magen *gluck, gluck, gluck*, wie der von Mama.

»Meistens hat Papa sie versorgt.«

Sie streicht mir wieder sanft übers Haar und schaut dabei sehnsüchtig aus dem Fenster. Mir ist vorher nie aufgefallen, dass Annas Fenster auf den Rübenacker und Thomas' Cottage hinausgeht, so dass sie ihm den ganzen Tag bei der Arbeit zusehen kann.

»Ich werde dir auch ein Geheimnis anvertrauen«, flüstert sie verschwörerisch. »Aber nur, wenn du versprichst, es für dich zu behalten.«

Ich setze mich auf und nicke eifrig.

»Ich bin noch nie von einem Mann geküsst worden«, flüstert sie, und ihre Wangen werden so rosa wie der Farbstift in ihrem Buch. »Und stell dir vor, meine ältere Schwester war mit sechzehn bereits verlobt.«

Sie sieht wieder zum Fenster hinüber, dann huschen ihre Augen kurz zu der roten Karte, die an der offenen Tür hängt. Ich frage mich, ob sie jetzt denkt, dass niemand sie je küssen wird, wo sie doch das Stillwasser hat. Selbst die Schwestern schrubben sich die Hände, nachdem sie uns berührt haben.

Sie stößt ein kurzes, trauriges Lachen aus; es wird zu

einem Husten, das sie mit dem Ärmel erstickt. Ich klopfe ihr vorsichtig auf die Schulter.

»Du wirst wieder gesund, Anna«, sage ich. »Jemand wird dich küssen, da bin ich ganz sicher. Wenn der Krieg vorüber ist, wirst du heimkehren und einen hübschen Mann heiraten und jede Menge Babys bekommen.«

Anna nimmt meine Hand und drückt sie. Dann blickt sie zum Naturkundebuch auf ihrem Schoß hinunter und fährt mit dem Finger am Buchdeckel entlang. »Und du?«, fragt sie. »Was wirst du tun, wenn es dir bessergeht?«

Ich zucke mit den Schultern. »Weiß nicht.«

Meine Schwester Marjorie möchte die Natur studieren, so wie Anna, bloß dass sie eher streunende Tiere einsammelt, als über sie zu lesen. In Nottingham füttert sie ein Heer von Katzen. Mutter lässt das nur zu, weil sie die Mäuse fangen, die sich durch die Mehlsäcke fressen. (Mama weiß nicht, dass Marjorie auch die Mäuse füttert.) Marjorie würde vermutlich gern hier im Krankenhaus arbeiten und sich um uns kümmern, denn wir sind genau wie hilfsbedürftige Katzen.

»Vielleicht wirst du Bäckerin, so wie deine Eltern«, sagt Anna. »Bei den vielen Brötchen und Brotlaiben wirst du fett werden wie ein kleines Ferkel.« Scherzhaft bohrt sie mir den Finger in die Rippen, aber ich lache nicht. Im Moment ist die Bäckerei so weit weg. Ich vergesse allmählich, wie Mutter summt, wenn sie den Teig knetet.

Ich schüttle den Kopf.

»Überleg mal, was dich glücklich machen würde«, sagt Anna.

Ich denke angestrengt nach.

Ich zeichne gern. Ich gehe gern mit Marjorie ins Kino - *Heidi* ist mein Lieblingsfilm. Ich klettere gern über die Gartenmauer, obwohl Schwester Constance es uns verboten hat. Und ich mag das geflügelte Pferd. Ja, das macht mich glücklich. Dass es mir allein gehört. Dass es mein Geheimnis ist.

»Ich möchte Entdeckerin werden«, sage ich schließlich. »Ich möchte Neues entdecken, das niemand kennt. An Orte reisen, wo noch niemand war.«

Und dann schäme ich mich, weil das ein törichter Wunsch ist. Entdecker sind mutige, verwegene Männer, die in Flugzeugen fliegen und Deutsche jagen und deren Lungen nicht vom Stillwasser erstickt werden.

Anna blinzelt mich überrascht an, dann erstrahlt das wunderbarste Lächeln auf ihrem Gesicht. »Aber, Emmaline, das bist du doch schon.«

8. Kapitel

»Emmaline ist draußen gewesen! Schaut euch ihr Kleid an!«

Am nächsten Morgen springt Benny vom Frühstückstisch auf und deutet hinten auf meinen Rock. Als ich mich abtaste, fasse ich in eine Dornenranke. Verflixt. Dornengebüsch gibt es nur an einem Ort - im Garten -, und sie muss sich gestern während meines Besuchs bei dem weißen Pferd in meinem Rock verfangen haben. Schwester Constance reibt sich die müden Augen und gibt mir ihren Gott-missbilligt-das-Blick.

»Emmaline, halte dich an die Regeln. Sie sind zu eurem Besten, die Füchse werden immer hungriger, je kälter es wird.« Kopfschüttelnd murmelt sie etwas von frischer Luft, die uns nicht heilt, wenn wir vorher erfrieren.

Ich sitze am Tisch und esse Haferbrei mit Pflaumenmus. Die Plätze der jüngeren Kinder sind bereits leer, ihre Schüsseln sauber ausgeleckt. Nur Benny, Jack, sein Bruder Peter und die drei unzertrennlichen kleinen Mädchen sind noch da. Thomas sitzt am anderen Ende des Tischs, das den Erwachsenen vorbehalten ist. Er beugt sich über seine Schüssel wie über ein Stück Treibholz, das in unser Frühstückszimmer geschwemmt wurde. Die Seite mit dem Arm zeigt zu mir, und wenn ich mich ein wenig vorbeuge, scheint es fast so, als wäre der zweite nur verborgen.

Ich betrachte ihn aus den Augenwinkeln. Er sieht nicht aus wie jemand, der für Hexen Kinder mästet. Aber wer tut das schon?

»Wo warst du, Emmaline?«, fragt Benny und streckt den Kopf vor. »Im Außenklo? Gib es zu, du lässt dir gern frische Luft um den Hintern wehen.«

Jack kichert. Die drei kleinen Mäuschen auch.

»Das ist gelogen!«, sage ich. Mein Kopf fährt in Richtung Speisekammer herum, doch Schwester Constance zählt die Konservendosen und hat diese Gemeinheit nicht mitgekriegt. »Ich war im Sonnenuhrgarten, dort habe ich ein geflügeltes Pferd gefunden -«

Ich schlage mir die Hand vor den Mund.

So viel zum Bewahren von Geheimnissen.

Benny fängt an zu lachen. »Ein was? Ein fliegendes Pferd?« Er tut so, als müsse er sich am Tisch festhalten, um nicht vor lauter Lachen von der Bank zu fallen. Doch dann steigt das Stillwasser, und er hustet und hustet, und es klingt wie das Bellen eines Hundes in der Nacht.

Jack springt für ihn ein. »Pferde mit Flügeln gibt es nicht, Floh.«

»Es hat sie mal gegeben!«, meldet sich eines der Mäuschen zu Wort. »In der Bibel. Sie lebten im Garten Eden, aber dann kam die große Flut, und auf Noahs Arche war kein Platz mehr, da sind sie ertrunken. Deshalb gibt es sie jetzt nicht mehr.«

Obwohl er sich vor Schmerzen krümmt, schafft es Benny, die kleine Maus lächerlich zu machen. »Du meinst Einhörner.« Er hustet. »Aber das ist sowieso nicht wahr. Das hat sich Schwester Mary Grace bloß ausgedacht, damit ihr im Gottesdienst besser aufpasst.«

Beleidigt wendet sich das Mäuschen wieder ihrem Haferbrei zu.

»Aber es gibt sie wirklich«, sage ich. »Nur nicht in unserer Welt. Sie leben in einer anderen Welt, hinter den Spiegeln. Du hättest sie längst entdeckt, wenn du in den Spiegel schauen würdest. Aber deine fettigen Haare sagen mir, dass du das seit Tagen nicht mehr getan hast. Das Pferd im Sonnenuhrgarten muss irgendwie rausgekommen sein.«

Die anderen Kinder sind still. Der einzige Laut ist das Schaben von Thomas' Metalllöffel, der am anderen Ende des Tisches den letzten Rest Porridge vom Teller kratzt.

»Ich werde es dir beweisen«, sage ich. »Komm mit und schau es dir an.«

»Und wie sollen wir das anstellen?« Benny möchte spöttisch klingen, aber ich glaube, er ist neugierig geworden. »Wir dürfen nicht so weit vom Haus weg, und das Tor ist sowieso abgeschlossen.«

»Wenn ich über die Mauer klettern kann, schaffst du als

Junge es allemal.« Ich sehe ihn eindringlich an. »Hast du etwa Angst vor Füchsen?«

Benny schielt zur Speisekammer hinüber. »Natürlich nicht.«

Die drei Mäuschen besprechen sich untereinander in ihrer Mäusesprache. Als Thomas aufsteht und seine Schüssel im Spülwasser versenkt, verstummen sie. Sie hatten ihn wohl vergessen, so stumm und unscheinbar, wie er dasaß, nur ein Schatten, der auf die Wand fällt. Er trocknet sich die eine Hand am Küchentuch ab, dann zieht er sich mit der Anmut eines Bären die Hose hoch.

»Das lassen wir lieber«, verkündet Kitty, die Anführerin des Trios. Ihr Blick ist auf Thomas gerichtet, der die Küchentür hinter sich zuschlägt. »Im Übrigen gibt es so was nicht wirklich, Emmaline. Das ist nur ein Spiel von dir.«

Benny lehnt sich mit verschränkten Armen zurück und tut so, als sei er jetzt, wo Thomas gegangen und keine der Schwestern da ist, Herrscher über den Frühstückstisch. »Wir haben Krieg, Emmaline. In Friedenszeiten mag es lustig gewesen sein, sich solche Sachen auszudenken, aber wir müssen erwachsen werden. Im Krieg gibt es keine Kinder. Nur Erwachsene.« Selbstzufrieden leckt er sich die Marmelade vom Daumen.

Ich stehe auf. Wollen sie es wirklich nicht sehen? Das geflügelte Pferd direkt vor ihrer Nase auf der anderen Seite der Gartenmauer? Wütend stelle ich meine Schüssel neben dem Spülstein ab und stürme hinaus auf die Terrasse.

Es ist kalt, und ich habe meinen Mantel nicht dabei, will aber nicht noch einmal zurück zu Benny mit seinem Gerede vom Erwachsenwerden und vom Krieg. Ich setze mich auf die oberste Treppenstufe, schlinge die Arme fest um mich und mache mir Sorgen um das geflügelte Pferd. Es beginnt nämlich zu regnen, und ich kann nicht weg.

»Emmaline.«

Ich wende mich der Stimme zu. Es ist Thomas, in der einen Hand hält er den Spaten und hat sich ein Seil um die Schulter mit dem festgesteckten Ärmel geschlungen. Einmal habe ich die Schwestern belauscht, wie sie in der Speisenkammer über Thomas sprachen, während ich ein Nickerchen auf den Mehlsäcken machte. Das muss schwer sein für ihn, hatte Schwester Constance gesagt. Sein Vater hat sich schon im letzten Krieg einen Namen gemacht, und jetzt wieder, während Thomas den ganzen Tag nur Rüben hackt. Und weit und breit kein Mädchen, in das er sich verlieben könnte, bloß die arme Anna, die bald sterben wird, und ein paar Nonnen.

»Emmaline«, sagt Thomas noch einmal.

»Was ist?«

»Ich sehe die geflügelten Pferde auch.«

Mein Herz pocht heftig. Ich bin also nicht die Einzige! Doch ich wende mich ab, denn Thomas ist tatsächlich wie ein Schatten an der Wand, immer da und ein ganz klein wenig gruselig. Ich weiß, dass Bennys Geschichten über ihn genauso wenig wahr sind, wie die in seinen Comicheften. Ich weiß es. Aber wenn jemand an meiner geheimen Welt teilhaben soll, dann bitte nicht Thomas.

9. Kapitel

Es regnet nun schon seit Tagen. Schneematsch, der gegen die Fenster prallt und es nicht schafft, zu weißem flaumigen Schnee zu werden. Keine Chance, hier wegzukommen und nach dem geflügelten Pferd zu sehen. Ich kann nur hoffen, dass es ihm gutgeht.

Abends liege ich auf meinem Bett und zeichne bei Kerzenlicht mit Kreide, denn Anna lässt mich ihre Farbstifte nur in ihrem Zimmer benutzen. Es ist gemütlich hier oben unterm Dach. Ich bin als Letzte nach Briar Hill gekommen. Alle Betten waren schon besetzt, und Thomas musste eine der Speicherkammern für mich leer machen. Er hat mir auch das Bett aus Hölzern und Seilen gemacht. Strohhalme pieksen durch die Matratze und jucken auf der Haut. Aber ich mag den Geruch. Er erinnert mich an zu Hause. An Spice, Ginger und Nutmeg, die die Köpfe werfen und ihre dunklen Mähnen schütteln, sobald Papa ihnen die Geschirre abnimmt. Papa macht das selbst auch so, wenn er seine Bäckermütze abnimmt.

Endlich sind mir die Pferdeohren einigermaßen gelungen, finde ich wenigstens, aber der Flügel bereitet mir Schwierigkeiten - in meiner Zeichnung hängt er genauso schlapp wie in Wirklichkeit. Draußen blitzt es, meine Hand rutscht aus und zeichnet eine weiße Schlangenlinie. Der Donner lässt sich Zeit. Wenn man zwischen Blitz und Donner langsam zählt, kann man die Entfernung des Gewitters bestimmen. Drei, vier, dann kracht es. Das Gewitter ist vier Meilen entfernt.

Ich stecke die Kreide in die Tasche und schiebe den Vorhang beiseite. Vom Garten ist nichts zu sehen, außer durchnässte anthrazitfarbene Schemen und vom Sturm gebeutelte Baumskelette. Ich kann das geflügelte Pferd nirgends entdecken, aber ich fühle seine Gegenwart. Ob es sich bei diesem Unwetter fürchtet?

Wieder blitzt es.

Eins, zwei.

Dann der Donner.

Zwei Meilen entfernt. Ich ziehe den Vorhang wieder zu und werfe mich aufs Bett. Die Kerzenflamme flackert und streckt sich dann, während draußen der Wind heult.

Ich taste nach meiner Kreide. Der nächste Donner ist ohrenbetäubend.

Ich schreie auf und krieche unter die Bettdecke. Diesmal ist keine Zeit zum Zählen geblieben. Weniger als eine Meile. Das Unwetter ist direkt über uns. Auch der Wind heult lauter, er hat das Fenster aufgestoßen. Eiskalte Luft stürzt herein, Regen und Eis und alles Mögliche dazwischen. Die Kerze flackert heftig und geht dann aus. Ich taumle zum

Fenster und stoße dabei die Kerze um. Der Sturm hat in meinem Zimmer nichts zu suchen; genauso wenig wie die Nacht.

Meine Haare und das Gesicht sind vom Eisregen durchnässt. Wieder blitzt es, und für einen Augenblick erkenne ich die nächtliche Welt. Bebende Zweige, der Wucht des Windes ausgeliefert. Kahle Felder, die sich in die Nacht hinausdehnen.

Eicheln hageln wie Gewehrsalven auf das Dach. *Klack-klack-klack*. Dann ist es wieder dunkel. Richtig dunkel. Ganz schwarz.

Ich drücke das Fenster zu und verriegele es. Wenn ich blinzle, scheinen Eiskristalle zu klirren. Der Dachstuhl ist voller Schatten, es riecht nach gelöschtem Feuer. Ich taste nach der Bettdecke.

KLACK-KLACK-KLACK.

Der Krach wird lauter. Für Eicheln ist es zu spät im Jahr. Etwas stampft, poltert, klappert auf der Dachschräge.

Ich kenne dieses Geräusch.

Pferde.

Draußen heult der Wind immer lauter. Nur ein Pferd mit Flügeln kann drei Stockwerke überwinden und auf dem Dach herumtrampeln. Ist es die Stute aus dem Garten? Nein, das hier knattert. Und scharrt. Es klingt wie Gewehrfeuer, und doch muss ein Pferd da oben auf dem Dach sein.

Ich trete einen Schritt zurück.

Mein geflügeltes Pferd kann das nicht sein.

Mein geflügeltes Pferd hat Hühnerfedern und ein weiches graues Maul. Mein geflügeltes Pferd hat eine Blesse in Form einer Flamme.

Klonk, klonk, klonk.

Wieder ein Donner, und auf dem Dach kracht es, als wollte etwas von draußen mit aller Gewalt eindringen. Ich weiche zum Bett zurück und stolpere über die umgefallene Kerze.

Vergiss es!

Ich packe meinen Mantel, reiße die Tür auf und galoppiere die Treppe hinunter geradewegs in Annas Zimmer. Sie fährt hoch, an ihrer Wange klebt schweißnasses Haar, sie blinzelt. Ich springe aufs Bett und krieche zu ihr unter die Decke.

»Emmaline! Was ist los? Warum bist du so nass?« Sie streicht sich das Haar zurück. »Bist du draußen gewesen, du verrücktes Kind?«

Ihr Bett ist warm. Ihr Bett ist sicher. Der Dachboden ist weit weg, und noch weiter das Dach mit seinen bebenden Balken und dem trampelnden Pferd. Ich hole tief Luft. Eisregen und Sturm drängen auch gegen Annas Fenster, aber gedämpft von der warmen Wolldecke. Hier drinnen ist es einfach ein Unwetter. »Der Wind hat mein Fenster aufgestoßen.«

»Das Handtuch liegt auf dem –«

»Aber da draußen war noch etwas anderes, Anna. Auf dem Dach. Ich glaube, noch ein geflügeltes Pferd ist aus der Spiegel-Welt herübergekommen. Ein böses.«

Ich kann ihr Gesicht im Dunklen nicht sehen. Sie knipst die Nachttischlampe an und betrachtet mich mit gerunzelter Stirn. Sie wirft einen Blick in den kleinen, ovalen Handspiegel auf ihrem Nachttisch. Er zeigt jenes schmale Stück Fenster, das nicht von der Decke verhängt ist; ein Streifen Außenwelt, der jetzt dunkel ist.

»Erst dachte ich, es sei das Pferd aus dem Garten«, berichte ich weiter, »aber das kann nicht sein, weil doch ihr Flügel verletzt ist und sie nicht fliegen kann. Es war so laut, es hat gescharrt und gescharrt, als wäre es zornig. Hast du es nicht gehört?« Sie blickt immer noch in den Spiegel, abwesend, ihre Gedanken scheinen anderswo zu sein. »Hast du es nicht gehört, Anna?« Ich zupfe sie am Ärmel.

Sie blinzelt. »Nein. Aber ... Ich bin ja auch ein Stockwerk tiefer, und dein Zimmer ist direkt unterm Dach. Bist du sicher, dass es keine herabfallenden Äste waren?«

»Ich muss nach dem Pferd im Garten sehen. Vielleicht ist ihr etwas zugestoßen.« Als ich aus dem Bett will, fährt Anna hoch und packt mich.

»Das geht nicht! Du erfrierst da draußen.«

»Aber sie ist ganz allein!«

Sie hält mich fest. »Du kannst morgen früh hingehen.

Wenn du Fieber bekommst, wirst du ihr erst recht nicht helfen können. Und jetzt hol das Handtuch vom Treppengeländer und zieh diese Strümpfe hier an. Du zitterst ja.«

Sie rubbelt mir das Haar trocken und wischt die Eiskristalle von meinen Wimpern. Ich starre auf den Streifen Nacht im Spiegel und bin darauf gefasst, dort flatternde Schwingen und wirbelnde Hufe zu sehen. Aber da ist nichts.

Nichts.

Nichts.

Anna knipst die Lampe aus und wendet mir den Rücken zu, doch nach ein paar Minuten dreht sie sich zu mir und flicht ihre Finger in meine. Sie drückt meine Hand. Nachdem sie eingeschlafen ist, fühle ich, wie ihre Temperatur steigt, Nachtschweiß durchnässt die Laken. Zu dem Hintergrundgeräusch von zwanzig hustenden Kindern döse ich ein und denke an das weiße geflügelte Pferd, an Blitze und an das *Klack-klack-klack* der Hufe.

10. Kapitel

Irgendwann in der Nacht ist der Regen in richtigen Schnee übergegangen. Beim ersten Morgenlicht pressen Anna und ich die Gesichter ans Fenster und schauen zu, wie er in stillen Flocken herabrieselt. Die Schneedecke ist dicker, als ich es jemals in Nottingham gesehen habe; in der Stadt wird immer gleich schmutziger Matsch daraus. Die ganze Welt draußen ist still, bis auf Thomas, der durch den Schnee stapft, um die Schafe in den Stall zu treiben, und Bog, der sie in die Hinterläufe zwickt.

»Kann ich deine Fäustlinge ausleihen?«, frage ich Anna.

»Du willst trotzdem raus? Obwohl es verboten ist?«

»Ich muss.«

Sie blinzelt in die helle Welt hinaus. Thomas und Bog müssen eines der Lämmer retten, das sich zwischen zwei Zaunpfosten eingeklemmt hat. Thomas' Wangen sind rot, sein Atem steht ihm wie Rauch vor dem Mund, schließlich gelingt es ihm, das Lamm zu befreien. Mit dem einen Arm hebt er es hoch und wirft es über den Zaun, wo es durch den Schnee zu seiner Mama stakst.

»Dann komme ich mit«, sagt Anna.

»Das darfst du nicht! Du bist krank.«

»Genau wie du, ungehorsame Gans. Ich habe genug von diesem Bett, und so hinfällig, wie Dr. Turner behauptet, bin ich nicht. Ich möchte durch den Schnee stapfen.« Langsam, mühsam, tastet sie sich zu der Zedernholzkommode am Fuß ihres Bettes. Schon diese kleine Anstrengung lässt sie keuchen, auch wenn sie es verbergen möchte. Sie holt wollene Fäustlinge und Mützen und Schals aus der Schublade, alle in tristem Grau. Sie wickelt einen Schal um meinen Hals.

»Die Maschen sind ungleichmäßig«, murmelt sie, während ich in den Mantel schlüpfe und ihn zuknöpfe.

»Die Amerikanerinnen haben sie im Rahmen eines Hilfsprogramms geschickt. Die armen, lieben Amerikanerinnen können einfach nicht stricken, aber es ist nett, dass sie es wenigstens versuchen. Und jetzt zieh die Fäustlinge an und zeig mir, wie du dich an den Schwestern vorbeimogelst.« Sie zieht sich eine Mütze über die Locken, rückt sie vor dem Spiegel zurecht und nimmt dann ihren Mantel von dem Haken bei der Tür.

Den Geräuschen nach zu urteilen, ist die einzige andere Person, die so früh auf ist, Schwester Mary Grace. Sie macht in der Küche das Frühstück. Auf Zehenspitzen schleichen wir an der Küchentür vorbei wie zwei Katzen, dann die Treppe hinunter und durch die Diele zur Bibliothek. Die Verandatüren halten die Schwestern stets geschlossen, aber die Verriegelung an der mittleren Tür ist kaputt. Ich stoße sie auf, wir treten hinaus und drängen uns durch die Buchshecke. Damit wir später wieder hineinkönnen, lassen wir die Tür angelehnt, ein Indiz, das die Wolldecke zum Glück verbirgt.

Kalte Luft schlägt uns entgegen. Annas Wangen sind schon jetzt voller roter Flecken. Ich frage mich, ob es klug war, dass sie ihr warmes Bett und die Aussicht auf heißen Tee verlassen hat. Ihre Arme und Beine sind so schrecklich dünn. Normalerweise sind sie unter der Bettdecke verborgen, aber jetzt, vor der Ziegelwand des Krankenhauses, wirken sie so zerbrechlich wie dürre Zweige.

»Also los«, sagt sie, »zeig mir dein Zauberpferd.« Sie reckt den Hals in Richtung Scheune. »Meinst du, wir laufen Thomas über den Weg?« Ihre Stimme klingt kräftiger.

»Das sollten wir besser vermeiden.«

Sie wirkt enttäuscht.

Ich schleiche an der Buchshecke entlang, und als ich sicher bin, dass die Luft rein ist, flitze ich über den Rasen zur rückwärtigen Gartenmauer. Anna folgt mir. Sie ist flink und leicht wie ein welkes Blatt, aber ihr flacher Atem geht rasch. Sie muss sich kurz an den Efeu lehnen, die behandschuhte Hand an die Brust gedrückt. Ich höre, wie es dort zu rumoren beginnt. Sie beugt sich vor und hustet so heftig, dass ich fürchte, etwas könnte reißen.

»Anna -«

»Alles in Ordnung.«

»Ich glaube, du solltest –«

»Mir geht's gut!« Jäh wendet sie sich um. »Was um Himmels willen ist das?«

Ich lege den Kopf in den Nacken, um zu sehen, was sie sieht. Das Dach. Es ist von etwa dreißig Zentimetern Schnee bedeckt wie Zuckerguss, den Mama auf die Kuchen pinselt, nur dass der Schnee an einer Stelle zertrampelt ist. Und es gibt Spuren. Sie sind unverkennbar.

»Da siehst du!«, rufe ich. »Hufspuren!«

Anna starrt weiter auf das Dach hinauf. Ihre Augen werden schmal, und sie scheint sich an etwas zu erinnern, doch dann steigt ihr ein Grollen den Hals hoch. Wieder packt sie der Husten. Diesmal schüttelt er sie und erschüttert auch den Efeu, so dass ein Schauer aus Pulverschnee auf uns beide niedergeht. Ihre Mütze fällt zu Boden.

Plötzlich kommt Bog herangeprescht, er bellt wie verrückt. Wir sind entdeckt. Im nächsten Moment biegt Thomas um die Ecke. Bei unserem Anblick bleibt er stehen. Bog bellt weiter, bis Thomas ein scharfes Zischen ausstößt, worauf er sich gehorsam hinsetzt.

Anna versucht, sich an einer Efeuranke hochzuziehen. »Schau, da!«, sagt sie mit schwacher Stimme. »Auf dem Dach.«

Doch Thomas blickt nicht zum Dach hinauf, er geht zu ihr und hilft ihr beim Aufstehen. »Ja, ich habe die Spuren heute Morgen auch gesehen, aber ehrlich, Sie sollten nicht hier sein, Fräulein Anna. Sie erkälten sich. Emmaline, die Mütze.«

»Emmaline wollte mir nur ... den Sonnenuhrgarten zeigen.«

»Heute besser nicht. Nicht in Ihrem Zustand.«

Ich stelle mich auf die Zehenspitzen und setze ihr die Mütze wieder auf. Und zwar so, wie sie es gern hat, mit ein paar Locken, die hervorsehen.

»Vielleicht ein andermal, Emmaline«, sagt Anna. »Ich wollte so gern dein Pferd sehen.«

Der Mut hat sie verlassen. Ihr Gesicht ist bleicher, als ich es je gesehen habe. Ihre Arme sind nichts als Haut und Knochen. Ich glaube, in ihren Adern fließt mehr Stillwasser als Blut.

Thomas dreht sich nach mir um. »Kommst du, Emmaline?«

Ich schüttle den Kopf.

»Aber versprich mir, dass du nicht lange wegbleibst«, erwidert er. Ich nicke, Thomas führt Anna zum Haus.

Bog und ich sehen ihren braunen Mänteln im weißen Schnee nach. Sie bewegen sich langsam, jeder Schritt kostet Mühe. Ich glaube nicht, dass Anna je wieder den Wunsch äußert, durch den Schnee zu stapfen.

Thomas pfeift, und da verlässt mich auch Bog.

11. Kapitel

Ich klettere über die Gartenmauer und springe auf der anderen Seite hinunter. Ich fürchte mich ein bisschen vor dem, was ich dort finde. War es vielleicht doch mein geflügeltes Pferd, das da auf dem Dach herumgetrampelt ist? Vielleicht ist ihre Verletzung gar nicht so schlimm, wie ich dachte. Womöglich hat sie noch nie Schnee gesehen und denkt, dass kleine Himmelsbröckchen herabfallen, weil die Wolken geschoren werden wie Schafe.

Im Garten haben sich Schneewehen gebildet, in denen ich bis zu den Knöcheln einsinke. Sämtliche Grau- und Brauntöne der Welt sind durch Weiß ersetzt. Vielleicht sieht so die Welt aus, in der das geflügelte Pferd sonst lebt. Schön und weiß, weich und kalt. Vielleicht fühlt sie sich hier jetzt mehr zu Hause als zuvor. Ich schüttle mir die Kälte aus den Händen und blicke um die Ecke des Sonnenuhrgartens.

Da ist sie.

Meine Brust weitet sich vor Erleichterung und dem Wunder ihres Anblicks.

Sie steht im Windschatten der höchsten Mauer, der einzige Schutz, der sich bietet. Ihre Schwingen liegen eng am

Körper an, pulsieren aber leicht, als versuchte sie vergeblich wegzufliegen. Vor ihren Nüstern dampft der Atem. Die grazilen Beine setzt sie furchtsam, als wäre sie noch nie im Schnee gegangen.

Nein, das hier ist ihr nicht vertraut. Wie immer der Schnee sich in ihrer Welt anfühlt, er ist nicht wie diese farblose, leere Fläche.

Ich stolpere über eine alte Rübe und schreie auf. Das Pferd wirft den Kopf zu mir herum und blickt mich an.

Ihre Augen sind so weit aufgerissen, dass ich das Weiße sehe. Sie zieht sich in die Ecke zurück und scharrt jetzt heftiger, offenbar fühlt sie sich eingekreist. Ich strecke die Hand aus, um ihr zu zeigen, dass ich nichts Böses im Sinn habe.

»Ruhig, ganz ruhig.«

Früher in Nottingham gerieten unsere Pferde manchmal in Panik. An Unwetter waren sie gewöhnt, nicht aber an Bomben. Dann rollten sie mit den Augen und traten gegen die Tür ihrer Boxen, weil sie hinauswollten. Aber Papa war im Krieg, und wenn wir sie rausgelassen hätten, wären sie wild durch die Straßen galoppiert und nie mehr zurückgekommen. Marjorie ist dann zu mir ins Bett gekrochen und hat mir ins Ohr gesungen, damit ich ihr Wiehern nicht hören musste.

Vorsichtig mache ich einen Schritt vorwärts, doch das geflügelte Pferd schnaubt aus Protest. Ihre scharrenden

Hufe haben den Schnee in der Ecke in Matsch verwandelt. Aber ihre Hufabdrücke sind klein und zierlich, nicht wie die groben Spuren auf dem Dach.

Doch was, wenn sie es gar nicht war ...

Die Weidenrute liegt immer noch am Bassin des Springbrunnens. Ganz langsam, um sie nicht zu erschrecken, mache ich einen Schritt nach links. Wieder klopfe ich das Eis auf, damit sie trinken kann, und lege den Stock dann auf den Boden. Ihr Fell ist von Schlamm befleckt. Darunter, da bin ich sicher, ist sie so weiß wie Hühnerfedern, und genau so weich. Am liebsten würde ich den Schmutz wegstriegeln, meine Wange an ihre Seite pressen und das Auf und Ab ihres Atems spüren. Ich würde ihre Wunde versorgen, wie Mama das bei mir macht, wenn ich mir weh getan habe. Ihre Augen sind immer noch aufgerissen, aber sie verdreht sie nicht mehr. Sie hebt den rechten Huf und setzt ihn dann auf den Boden zurück.

Papa sagt, beim Zureiten eines Pferdes muss man sich Zeit lassen, andernfalls raubt man ihm seinen Willen.

Wir beäugen einander, jeder prägt sich den anderen genau ein. Ich halte Abstand, und sie scheut nicht. Wir sind nichts als zwei warme Körper im Schnee. Ich habe gehört, dass Pferde riechen können, ob eine Person es gut mit ihnen meint oder nicht. Ich stelle mir das wie unterschiedliche Düfte vor, Lavendel und Salbei zum Beispiel, aber nicht Rosen, denn selbst Pferde wissen, dass Rosen Dornen haben.

Ein plötzlicher Windstoß lässt bei der Sonnenuhr etwas aufflattern. Ein Zettel. Jemand hat eine Nachricht unter ihren goldenen Zeiger geklemmt. Wer war sonst noch hier? Hat Benny sich doch ein Herz gefasst? Oder eines der drei Mäuschen?

Langsam bewege ich mich auf Zehenspitzen durch den Schnee, bis ich das Papier herausziehen kann.

Es ist vom Schnee durchnässt. Vermutlich steckt es schon den ganzen Morgen hier. Das Papier ist dick wie jene, die Dr. Turner für seine Rezepte benutzt, aber um dieses hier ist eine rotseidene Schleife gebunden. Ich werfe einen Blick zu dem Pferd. Sie beobachtet mich, ihr Atem dampft, während ich mit klammen Fingern das Band löse.

An den Empfänger dieser Botschaft,

ich brauche unbedingt Deine Hilfe. Ich habe dieses Pferd in Deine Welt gebracht, weil sein Flügel gebrochen ist und ich es an einem sicheren Ort verstecken muss. Sie wird von einer dunklen, unheilvollen Macht aus unserer Welt verfolgt, einem Schwarzen Pferd, das im Mondlicht auf die Jagd geht und dabei seinem Geruchssinn folgt. Wegen der Verletzung kann sie nicht mehr vor ihm davonfliegen. Ich selbst bin nicht imstande, nach Belieben zwischen den Welten hin- und herzuwechseln und wäre sehr dankbar, wenn Du Dich um sie kümmern könntest, bis ich wieder zurück bin.

Gehabe dich wohl
Der Herr der Pferde

Postskript: Ihr Name ist Foxfire. Sie mag Äpfel.

Ein Brief aus der Welt hinter den Spiegeln! Vom Herrn der Pferde persönlich - ich wusste gar nicht, dass es ihn gibt! Der Wind zerrt an dem Brief. Vor lauter Kälte tränen mir die Augen, so dass die Schrift verschwimmt, aber ich blinzle die Kälte weg und lese noch einmal. Kein Wunder, dass sie meine Rübe nicht angerührt hat, wo sie doch Äpfel mag. Die Handschrift ist ordentlich und hübsch anzuschauen, mit kleinen Schnörkeln an manchen Buchstaben, wie Anna sie macht. Vor lauter Aufregung zerknülle ich den Brief versehentlich, aber glätte ihn rasch wieder, so gut ich kann.

»Foxfire?«, sage ich zu dem geflügelten Pferd. »Heißt du so?«

Sie antwortet nicht; aber schließlich ist sie ja ein Pferd. Sie wendet sich dem Bassin zu. Ich trete zurück. Vorsichtig nähert sie sich, senkt den Kopf und trinkt. Die Muskeln spielen unter dem schneeweißen Fell. Sie zeigt keine Spuren von Sattel oder Gurt. Sie ist wild und zu stolz, um einen Meister zu haben. Der Herr der Pferde muss ihr Beschützer sein. Ich stelle ihn mir als jungen, hübschen Prinzen vor, der die geflügelten Pferde jener Welt in seine Obhut genommen hat.

Jetzt, wo sie trinkt, ist sie näher bei mir. Ich kann die Bewegung der Muskeln an ihrem Hals sehen. Ein paar Schritte nur, und ich könnte die Hand ausstrecken und sie streicheln. Aber ich tue es nicht. Sie würde das nicht zulassen, noch nicht. Ich muss mir ihr Vertrauen erst verdienen.

Ein dunkler Schatten zieht über uns hinweg. Derselbe lautlose Schatten mit ausgebreiteten Schwingen, den ich irrtümlich für ein deutsches Flugzeug gehalten habe. Foxfire blickt durch das Schneegestöber hinauf. Sie legt die Ohren an. Wir sind miteinander verbunden - ich kann ihre Furcht in mir spüren.

Am Himmel zieht der Schatten seine Kreise.

Jetzt erst erkenne ich seinen Umriss. Die Pferde in den Spiegeln hatten unterschiedliche Farben: Weiß und gefleckt und Schokoladenbraun, aber niemals Schwarz. Bis jetzt. Es fliegt durch den Sturm wie der leibhaftige Donner, auf der Suche nach Foxfire.

Das ist die dunkle Erscheinung, vor der mich der Herr der Pferde gewarnt hat. Das scharrende Ungeheuer auf dem Dach.

Das Schwarze Pferd.

Ich drehe den Brief um und hole meine Kreide heraus,

die noch von gestern Abend in meiner Tasche steckt. Ich kann damit nur dicke Buchstaben schreiben, aber meine Nachricht ist kurz.

Ich nehme den Auftrag an.
Emmaline May.

12. Kapitel

Ich stehe vor der Scheune, die Arme fest um den Körper geschlungen. Drinnen hämmert jemand. *Bumm. Bumm. Bumm.* Ich hole tief Atem und stoße die Tür auf.

Thomas sieht mich und hält im Reparieren der kaputten Küchenbank inne. Er hat sie bereits drei Mal ausgebessert. Er schwitzt vor Anstrengung, sein dunkles Haar klebt ihm am Gesicht, und auf einmal möchte ich nicht mehr hier sein, doch ich habe dem Herrn der Pferde mein Versprechen gegeben.

»Brauchst du was, Emmaline?«

Seine Stimme wirkt weniger ärgerlich als sein angespannter Gesichtsausdruck. Ich deute auf einen Eimer mit alten Äpfeln, die Thomas den Schafen gibt. »Darf ich mir einen nehmen?«

Er zieht die Brauen zusammen, legt dann aber den Hammer weg und sucht mir einen schönen heraus. Mit argwöhnischem Blick reicht er mir den Apfel. »Der ist doch nicht etwa für das geflügelte Pferd im Sonnenuhrgarten?«

Misstrauisch sehe ich ihn an. Thomas hat gesagt, dass er das geflügelte Pferd auch gesehen hat, aber er ist praktisch erwachsen. Wenn Benny und die drei Mäuschen mir schon nicht glauben, wie dann er? Aber Thomas' Gesicht ist ernst. Es ist ein gewöhnliches Gesicht mit schwach ausgeprägtem Kinn und einer Stirn, die nicht enden will, wenn er, wie jetzt, das verschwitzte Haar zurückstreicht. Aber er hat hübsche Augen. Sie sind grün wie meine.

Ich greife nach dem Apfel. »Hast du wirklich geflügelte Pferde gesehen?«

Er nimmt den Hammer wieder auf. »Ja.«

»In den Spiegeln?«

»Im zugefrorenen Teich bei der Mason Farm, hinter den schwarzen Feldern. Bei Sonnenschein ist das Eis wie ein Spiegel, man kann sie deutlich erkennen.«

Ich fahre mit dem Finger an der Kante seiner staubigen Werkbank entlang. »Ich weiß, wer nach dem Schneesturm die Hufspuren auf dem Dach gemacht hat«, sage ich. »Da ist noch ein anderes Pferd aus dem Spiegel herübergekommen. Ein schwarzes. Ich habe einen Brief deswegen bekommen. Hast du das auch gesehen?«

Wieder wischt sich Thomas den Schweiß von der Stirn. »Nein, noch nicht.«

»Sei vorsichtig. Es verfügt über eine dunkle, unheilvolle Macht.«

Thomas zieht eine Braue hoch. Dann nickt er zu dem schlafenden Bog hinüber, der neben einem Stapel Holzkisten seine Hundeträume träumt. »Wegen des Schwarzen

Pferds würde ich mir nicht allzu viele Sorgen machen. Wenn es zu nahe kommt, wird Bog wie verrückt bellen. Er verscheucht die Füchse. Er kann alles verscheuchen.«

Ich mag Bog. Er ist ein kluger Hund, und er rennt allen Stöckchen nach, die ich für ihn werfe. Aber ehrlich gesagt, glaube ich nicht, dass er das Schwarze Pferd verscheuchen kann.

»Danke«, sage ich. »Für den Apfel.«

»Sag dem geflügelten Pferd im Sonnenuhrgarten einen Gruß von mir. Ich habe es noch nicht gesehen, aber herumlaufen hören. Und gute Besserung für seinen Flügel.«

»Es ist ein Mädchen«, erkläre ich. »Sie heißt Foxfire.«

Er hält mit Hämmern inne. »Ich verstehe.« Und dann: »Ein guter Name für ein gutes Pferd.«

Ich stehe auf und schlage wegen der Kälte die Arme um mich, dann fällt mir etwas ein. »Wie hast du von ihrem gebrochenen Flügel erfahren?«

Thomas schwingt den Hammer mit dem einen Arm. »Nun.« Wieder schlägt er zu. *Bumm.* »Wenn sie keinen gebrochenen Flügel hätte, wäre sie weggeflogen.«

Ich greife in meine Tasche und taste nach dem Band vom Herrn der Pferde.

Vielleicht sieht Thomas die geflügelten Pferde, weil er nicht wie die anderen jungen Männer im Dorf in den Krieg zieht. Dass er nicht mitkämpfen kann, bedeutet vielleicht, dass er noch nicht richtig erwachsen ist. Aber wenn man ihn so den Hammer schwingen sieht, fühlt man sich an eine der alten, verwachsenen Eichen vor dem Haus erinnert - uralt und wissend.

13. Kapitel

Wegen des Schnees kann Dr. Turner nicht zu uns ins Krankenhaus kommen. Schwester Constance ruft beim Apotheker in Wick an, der wöchentlich die Medikamente liefert, aber auch er schafft es nicht. Deshalb muss Schwester Constance Esel und Wagen von der Mason Farm ausleihen und sich selbst auf den Weg machen. Sie sieht lustig aus, wie sie in ihrer schwarzen Tracht, unter einem dicken Mantel und vier zusätzlichen Decken, mit dem klapprigen alten Esel durch den Schnee kutschiert. Ich muss lachen, aber Anna rügt mich: »Still, Em. Würdest du an ihrer Stelle nach Wick fahren wollen?«

Ich seufze. Dann hustet Anna in ihr Taschentuch, und ich schäme mich, denn von uns allen braucht Anna die Medizin am nötigsten.

Plötzlich fährt sie in ihrem Bett hoch und hustet schlimmer denn je. Ich bringe die Stifte und meine neusten Zeichnungen von Foxfire in Sicherheit, es sind die bisher besten. Annas ganzer Körper bebt vor Husten, ihr Gesicht ist ganz weiß. Nicht weiß wie Schnee oder Foxfires Schwingen, sondern ein durchsichtiges Weiß wie von dem ranzigen Schmalz, das Schwester Mary Grace weggeworfen hat.

Anna nimmt das Tuch vom Mund, und wir starren es an, dann die jeweils andere.

Ein roter Fleck.

Blut.

»Hol Schwester Mary Grace«, sagt sie.

Ihre Stimme zittert, die Augen füllen sich mit Tränen. Ich rutsche vom Bett, meine Zeichnungen im Arm. Ich überlege noch, ob ich sie dalassen soll. Nein, ich muss los. In der Diele fallen sie herunter, und ich trample darüber, während ich die Treppe zur Küche hinunterrenne. Schwester Mary Grace macht gerade den Nachmittagstee, der Wasserkessel dampft.

»Anna!«, rufe ich. »Ich glaube, sie stirbt!«

Schwester Mary Grace legt das Buttermesser weg, schnappt sich ein Küchenhandtuch und rennt an mir vorbei die Treppen zu Annas Zimmer hinauf.

Inzwischen pfeift der Kessel. Ich höre das Gemurmel der anderen Kinder - wahrscheinlich haben sie die Aufregung mitgekriegt, denn sie stecken neugierig die Köpfe aus ihren Zimmern wie Vogeljunge aus dem Nest. Der Kessel pfeift lauter. Ich sollte in Annas Zimmer zurückkehren, aber ich möchte nicht. Ich möchte kein Blut sehen. Ich möchte dieses Husten nicht hören, dieses schreckliche, mit Tränen vermischte Husten. In der Diele liegen meine Zeichnungen, verstreut und halb zertrampelt, aber es ist mir egal.

Benny stürmt in die Küche und reißt den kreischenden

Kessel vom Feuer. Es riecht nach glühendem Metall. Ich erwarte, dass er mit mir schimpft, weil das Wasser verdunstet und der Kessel fast durchgebrannt ist, aber er tut es nicht. Er stellt ihn auf einen Untersetzer aus Holz und schaut mich durchdringend an, dann wandert sein Blick zur Treppe, von wo wir beide Annas markerschütterndes Husten hören.

»Du hättest ihn weiterpfeifen lassen sollen«, sage ich.

»Emmaline -« Seine Stimme klingt ausnahmsweise mal nicht höhnisch.

Er sieht meine Tränen. Aber ich will sein Mitleid nicht! Ich dränge mich an ihm vorbei und renne hinaus in die gefrorene Welt aus Schnee und Eis. Die Kälte beißt in meinen bloßen Händen - ich habe meinen Mantel vergessen, aber ich kann nicht zurück. Ich renne und renne, bis meine Lungen Halt schreien. Ob die Prinzessin, als sie dieses Haus bauen ließ, wohl geahnt hat, dass eines Tages Kinder hier sterben und so laut schreien würden, dass man sie über einen kreischenden Wasserkessel hinweg hört? Hat sie geahnt, als sie Musik durch die geöffneten Verandatüren in den Park dringen ließ, dass einst ein schwarzes geflügeltes Pferd über dem Haus kreisen würde, unablässig und immer auf der Jagd?

Ich lasse mich in den Schnee fallen. Ein Hustenanfall überkommt mich.

Die Tür zur Scheune ist angelehnt. Durch den Spalt

dringt Dampf. Ich stoße sie auf und sehe nach, vorsichtig, für den Fall, dass Thomas da ist, aber ich sehe nur Schafe. Sie stehen dicht aneinandergedrängt, und es sind so viele, dass sich die Scheune warm anfühlt wie ein Toast direkt vom Ofen. Ich klettere über das Gatter und rolle mich in ihrer Mitte zusammen, umgeben von Stroh und Wolle und atmenden Leibern. Endlich ist mir warm.

14. Kapitel

Als ich aufwache, bin ich in meinem Bett.

Die Laken sind von Schweiß durchtränkt. Ich weiß nicht, wer mich in der Scheune gefunden und zurückgebracht hat. In meinen Träumen roch es nach Kaffee, und Thomas ist der Einzige, der Kaffee trinkt, auch wenn Benny gelegentlich nippt und so tut, als schmecke es ihm. Aber ich kann mir nicht vorstellen, dass ein einarmiger Mann mich trägt, auch wenn ich gesehen habe, wie er das Lamm über den Zaun zurück auf die Weide befördert hat. Ich werfe mir eine Decke über und gehe die Treppe hinunter, bei Annas Tür bleibe ich stehen. Sie steht einen Spalt offen. Schwester Mary Grace ist bei ihr und wischt verschüttete Brühe auf.

Ich sehe, wie die Bettdecke sich im Rhythmus von Annas Atem hebt und senkt. Sie schläft. Sie lebt. Von unten dringen Stimmen herauf. Schwester Constance muss mit der Medizin zurück sein.

Ich habe das Mittagessen verschlafen, aber die Schwestern haben mir etwas Schinken unter einer Serviette bereitgestellt. Ich sitze allein am Küchentisch und esse; in dem reflektierenden Kupferkessel bewegt sich etwas. Die

Ecken der Küche sind in seine Rundung eingepasst, so dass die Decke winzig wirkt und der Herd sich zu einem lodernden Inferno vergrößert. Meine Nase hat die Größe einer prallen Pflaume, und meine Augen sind unnatürlich klein. Ein graues geflügeltes Pferd schnobert hinter mir am Küchentisch, vermutlich auf der Suche nach einem Marmeladenbrot. Es schnuppert an meinem Spiegel-Stuhl, dann an meinen Spiegel-Schultern. Ich zittere, obwohl meine wirklichen Schultern nichts gespürt haben. Im Herdfeuer knackt ein Ast, und das Pferd dreht sich nach dem Geräusch um. Hat es Angst vor den Flammen, oder ist es nur neugierig? Dann breitet es so plötzlich die Schwingen aus, dass ich mich unwillkürlich ducke.

»Vorsicht«, sage ich. »Das Feuer könnte dich verbrennen.«

Reicht meine Stimme bis in die Welt hinter dem Spiegel? Das graue Pferd dreht den Kopf nach links und rechts, dann faltet es seine Flügel ein und trabt in die Diele.

Ich schiebe den Kessel weg. Ich möchte mein Spiegelbild nicht sehen, das Haar, das ungleich nachgewachsen ist. Meine Hand fährt zu meinem Kopf und versucht, die abstehenden Büschel zu glätten; in meinem Mund ist ein Geschmack von Asche, der nichts mit dem Herdfeuer zu tun hat. Benny hat recht, auch ohne die Verzerrungen des Kessels sehe ich seltsam aus.

Darf ich euch ein Geheimnis anvertrauen?

Das hier ist nicht das erste Krankenhaus, in dem ich bin. Und ich hatte auch nicht immer Stillwasser. Das kam später. Nach dem Feuer, nach den Verbänden. Nachdem die Pferde gegen die Stallwand traten und niemand sie herausließ.

Die Küchentür schlägt zu, und die drei Mäuschen kommen mit roten Wangen herein. Sie haben einen Vierten in ihren Bund aufgenommen: Arthur, der blonde Junge, der nie etwas sagt und am Daumen lutscht. Sie haben ihn als Piratenprinz verkleidet und ihm einen glänzenden Schöpflöffel als Schwert gegeben, aber er starrt nur auf sein eigenes Spiegelbild. Kitty, die Anführerin der Mäuschen, hält zwei lange schwarze Federn hoch. Sie sehen aus wie Krähenfedern, sind aber von einem glänzenden Wachs überzogen und so lang wie mein Arm.

»Schau mal, was wir auf der Terrasse gefunden haben!«

Sie hält in jeder Hand eine Feder, flattert mit den Armen wie ein riesiger Vogel und krächzt. Die Mädchen rennen kichernd in die Diele hinaus.

15. Kapitel

Als ich fünf war, hat meine Schwester Marjorie auf der Straße einen verletzten Vogel gefunden. Die Nachbarskatze hatte ihn erbeutet, bevor meine Schwester sie wegscheuchen konnte. Der Vogel rührte sich nicht, aber sein Herz pochte unter unseren Fingerspitzen. Der kleine Körper war so weich, dass man fürchtete, ihn allein durch die Berührung zu beschädigen. Marjorie machte aus einem alten Sieb einen Käfig und füllte es mit Blättern. In Mamas Garten gruben wir nach Würmern, hackten sie in kleine Stücke und servierten sie dem Vogel auf dem Ende eines Zweiges. Unser Nachbar sagte, der Vogel würde niemals überleben, aber Marjorie hatte Geduld. Jeden Tag grub sie nach Würmern. Nach drei Wochen flatterte der kleine Vogel in seinem Behelfskäfig. Wir brachten den Käfig zu dem leeren Gebäude hinter unserer Bäckerei. Marjorie öffnete ihn, und der Vogel flog davon.

Aber Foxfire ist nicht dieser kleine Vogel. Würmer und ein Bett aus Blättern reichen nicht, um sie zu heilen.

Als ich über die Gartenmauer klettere, erwartet sie mich schon. Ich kriege Gänsehaut, als unsere Blicke sich begegnen. Ich kann noch immer nicht glauben, dass sie wirklich existiert, aber sie steht direkt vor mir. Die verletzte Haut an ihrem rechten Flügel ist gerötet, und die Kerbe im Knochen muss ihr weh tun. Sie versucht, die Flügel auszubreiten. Der linke faltet sich auf, der rechte nicht.

»Ich hab was für dich«, flüstere ich.

Sie spitzt die Ohren, als meine Hand in die Tasche gleitet, aber ihre Augen bleiben wachsam. Sie ist an Wind und Sonne gewöhnt, nicht an kleine Mädchen.

»Der Herr der Pferde hat mir geschrieben, dass du so was magst.« Ich hole den leuchtend roten Apfel von Thomas hervor. Neugierig neigen sich ihre Ohren nach vorn. Sie hebt den rechten Huf und lässt ihn dann wieder sinken. Ich mache einen vorsichtigen Schritt auf sie zu, den Apfel auf meiner flachen Hand. »Alles in Ordnung. Ich tu dir ja nichts. Ich will dir nur den Apfel geben.«

Als ich das Bassin erreiche, streift mein unförmiger Mantel die Weidenrute. Foxfire macht einen erschreckten Satz.

»Ruhig, Foxfire.«

Mein nächster Schritt geht ihr dann doch zu weit. Schnaubend scharrt sie mit den Hufen im Schneematsch. Ihre dichte Mähne fliegt, als sie den Kopf zurückwirft, um mich auf Abstand zu halten.

Ich bleibe stehen.

Langsam knie ich mich hin und rolle den Apfel in ihre Ecke des Gartens. Sie wird ruhiger, lässt mich aber keinen Moment aus den Augen. Dann senkt sie den Kopf. Zunächst schnuppert, dann schnaubt sie. Ihre wissbegierigen Lippen tasten, bis sie die Form des Apfels fühlen. Schließlich schnappt sie sich die Frucht.

Sie hebt den Kopf und kaut zufrieden.

Ich ziehe mich langsam bis zur Sonnenuhr zurück, wo ein neuer Brief unter den Zeiger geklemmt ist, wieder mit einem Band darum. Ich rolle ihn auf, während Foxfire den Apfel frisst.

Liebe Emmaline May,

ich muss Dich ein weiteres Mal um Hilfe bitten. Obwohl ich das für unmöglich hielt, ist das Schwarze Pferd in Deine Welt gelangt und macht, jetzt in diesem Moment, Jagd auf Foxfire.

Das Schwarze Pferd ist stark und erbarmungslos, hat aber eine Schwäche, und das sind Farben. Sie brennen ihm in den Augen. Das einzige Licht, bei dem er sehen kann, ist farbloses Mondlicht - je heller der Mond ist, desto besser sieht er. Heute Nacht ist Neumond, das heißt, dass der Himmel dunkel sein wird, und er sich bei seiner Jagd ganz auf den Geruchssinn verlassen muss. Doch mit jeder Nacht wird der Mond heller, deshalb musst du Foxfire mit farbigen Gegenständen umgeben, groß genug, dass er sie aus der Ferne sehen kann - einen für jede Farbe des Regenbogens. Auf diese Weise entsteht ein Schutzschild aus Farben, der sie während der hellen Vollmondnacht abschirmt.

Ich bitte Dich mit aller Dringlichkeit, diesen Auftrag auszuführen.

Gehabe dich wohl
Der Herr der Pferde

Mit großen Augen starre ich auf den Brief.

Ich soll Foxfire schützen?

Ich soll einen Auftrag von höchster Dringlichkeit ausführen?

Ganz allein? Nein, das ist unmöglich. Sie füttern und sich um sie kümmern ist eine Sache, aber das hier ist etwas ganz anderes. Mein Herz ist angsterfüllt, am liebsten würde ich über die Mauer klettern und vor diesem Brief davonlaufen.

Aber der Herr der Pferde ist auf mich angewiesen.

Ich halte das Band ins Licht. Wenn ich farbige Dinge finden soll, könnte dies dann das erste sein? Es ist fest und lang, mit Sicherheit lang genug, um aus der Entfernung gesehen zu werden. Es ist rot, aber aus der Nähe betrachtet noch viel mehr. Je nachdem, wie das Licht darauf fällt, ist es einmal kirschrot, dann wieder so rot wie das Emblem auf den vorbeirumpelnden Militärfahrzeugen.

Foxfire kaut noch immer an dem Apfel, aber ihre Augen

sind auf das rote Band geheftet. Ich betrachte den Efeu, der die Gartenmauer überwuchert. Seine Ranken sind ineinander verwoben und bilden kleine Vertiefungen und Höhlen, wie ein Feenregal. Ich suche mir eine kräftige Ranke und binde das rote Band daran, so dass es im Wind flattert. Vor dem dunkelgrünen Hintergrund leuchtet es hell. Ich trete einen Schritt zurück, dann noch einen; es ist immer noch deutlich sichtbar.

Ja, denke ich, ich könnte es schaffen.

Aber dann verdeckt eine Wolke die Sonne, und ich spähe zum Himmel hinauf.

Ein rotes Band ist nicht genug.

Ich brauche noch etwas Blaues und Grünes und Gelbes, alle Regenbogenfarben in hellen Tönen, damit sie das Schwarze Pferd blind machen, wenn es Foxfire bis hierher verfolgt. Und er wird kommen. Das weiß ich. Selbst jetzt spüre ich, wie er über den Wolken seine Kreise zieht. Seine schwarzen Hufe wirbeln weißgraue Wolkenfetzen auf, während er kreist. Er bringt die Winde mit und wühlt den Donner auf.

Aber wo finde ich das Blau und Grün und Gelb? Die einzigen farbigen Dinge im Krankenhaus sind die kleinen Karten, die an unseren Türen befestigt sind, doch der Karton würde sich im Regen auflösen. Um diese Jahreszeit gibt es keine Blumen. Kein Regenbogen überspannt den Himmel nach einem Aprilschauer.

Den letzten Regenbogen habe ich gesehen, als ich mit Marjorie auf dem Heimweg von der Schule war. Wir rannten von Hauseingang zu Hauseingang, um dem Frühlingsregen zu entkommen. Sie machte ein Spiel daraus. Das Regenwasser war Giftgas; jeder Tropfen würde unser Leben um einen Tag verkürzen. Der Regen wurde stärker. Sie zog mich in den Eingangsbereich eines Theaters. »Wenn wir uns nicht in Sicherheit bringen«, sagte sie, »sind unsere Tage gezählt.« Sie drückte mich fest an sich und deutete auf die Kirche, über deren Turm sich ein doppelter Regenbogen spannte. »Schau!«

Doch jetzt besteht Briar Hill nur aus weißem Schnee und grauem Stein, aus den matten Braun- und Grüntönen der Soldatenuniformen und dem Schwarz der Schwesterntracht. Dadurch haben wir das Schwarze Pferd regelrecht angelockt. Unsere Welt ist ein farbloser Hochwinter.

Ich schließe die Augen und denke an jenen Regentag zurück. Marjorie trug einen leuchtend gelben Regenmantel. Und ich blaue Strümpfe. Unsere Wangen waren von lebhaftem Rosa, nicht das fiebrige Rot wie bei Anna. Ich ziehe die Fäustlinge aus und presse meine kalten Hände an die Wangen. Ich vermisse Marjorie so sehr, dass mir fast die Tränen kommen. Wer soll mich in den Schlaf singen, aus dem Platzregen ein Spiel machen und mir Kuchenstücke zustecken? Ich habe alle diese Farben so lange nicht mehr zusammen gesehen, dass ich fürchte, sie vergessen zu haben. Das einzige Blau in meiner Vorstellung ist das verwaschene Himmelblau, das einzige Gelb die trübe Medizin, die Dr. Turner uns verschreibt. Aber da muss es noch anderes geben. Strahlende Dinge.

Da werde ich von hinten angestupst.

Ich drehe mich um und halte vor Überraschung die Luft an. Foxfire ist direkt hinter mir. Sie schiebt das Maul zu meiner Schulter, ich spüre ihren warmen Pferdeatem im Nacken, ihre Ohren zeigen nach vorn. Ich wage nicht, mich zu bewegen, will sie nicht aufschrecken. Sie senkt den Kopf, Pferdelippen suchen in den Falten meines Mantels, bis sie die Tasche finden. Als sie merkt, dass außer einem Stück Kreide nichts darin ist, schnaubt sie.

»Bald bringe ich dir wieder einen Apfel«, sagte ich, als ich die Sprache wiederfinde. »Und ich werde nach Farben suchen, die dich beschützen. Das Schwarze Pferd wird dich nicht kriegen, das verspreche ich.«

Langsam, langsam hebe ich die bloße Hand.

Dann berühre ich ihr Maul, nur ganz kurz. Ich spüre das samtige Fell, die sanfte Wärme. Und doch ist sie so gewaltig. Sie wirft den Kopf und trabt in ihre Ecke des Gartens zurück. Von dort beobachtet sie mich.

Ich lächle.

Es ist ein Anfang.

Ich drehe den Brief um und schreibe auf die Rückseite:

Lieber Herr der Pferde,

ich habe schon befürchtet, die Farben des Regenbogens vergessen zu haben, aber jetzt weiß ich, dass ich sie wiederfinden kann. Sie können auf mich zählen.

Hochachtungsvoll
Emmaline May

16. Kapitel

Annas Farbstifte waren ein Geschenk von Dr. Turner.

Anna ist länger auf Briar Hill als wir anderen. Sie kam vor zwei Jahren mit einem der ersten rumpelnden Züge, die aufs Land fuhren. Sie hatte zwei alte Koffer dabei. Einer war voller Wintersachen und Strümpfen, die ihre Mutter für sie eingepackt hatte. Der andere war voller Naturkundebücher - den hatte sie selbst gepackt. Schwester Constance sagt, dass Anna, so wie ich, gern im Garten spazieren ging, lange bevor er vom Efeu verschluckt wurde. Dort saß sie auf einer Bank inmitten der Frühlingsblumen und las und las und las. Aber mit dem Sommerregen wurde das Stillwasser schlimmer, und im August war sie bereits bettlägerig. Sie konnte keine Blumen mehr betrachten. Dr. Turner brachte ihr die Farbstifte, damit sie wenigstens welche zeichnen konnte. Ich glaube, niemand hat ihr erzählt, dass die Blumen im Garten inzwischen alle gestorben sind.

Ich klopfe an ihre Tür.

»Herein.«

Ihre Stimme ist matt.

Ich stoße die Tür auf, und sie klopft lächelnd auf ihr Bett, aber ich klettere nicht hinauf. In der Hand hält sie ein sorgsam gefaltetes Taschentuch verborgen. Ich frage mich, ob Blut daran ist. Sie hat den Spiegel auf ihrem Nachttisch von sich weggedreht. Ich kann darin die geflügelten Pferde vor dem Spiegel-Fenster gerade noch erkennen. Sie grasen die dürren Halme ab und pressen wegen des Windes die Schwingen fest an den Körper.

»Darf ich deine Farbstifte sehen?«, frage ich.

Zunächst dachte ich, dass ich die Stifte für den Schutzschild aus Farben benutzen könnte. Aber ich würde Anna niemals ihre Stifte wegnehmen, nicht einmal, um Foxfire zu retten. Außerdem hat der Herr der Pferde gesagt, die Dinge müssten so groß sein, dass man sie auch aus einer gewissen Entfernung sehen kann. Trotzdem helfen sie mir, mich an die Farben des Regenbogens zu erinnern. Sie werden mich leiten.

Anna beugt sich vor, um ihre geheime Schublade zu öffnen, und die Bewegung bringt das Stillwasser in Wallung. Finsternis überschwemmt sie, ein Husten erstickt ihre Lungen. Sie nimmt den Kasten mit den Farbstiften und dem Papier heraus, aber ich schüttle den Kopf.

»Ich brauche kein Papier.«

Sie sieht mich fragend an und legt den Kasten kommentarlos aufs Bett. Anna ist extrem ordentlich, und die Stifte sind so sortiert, wie sie geliefert wurden, ein Spektrum aus Regenbogenfarben.

845-KARMINROT
848-BLASSROSA
849-MANDARINEN-ORANGE
863-KANARIENGELB
865-SMARAGDGRÜN
867-MEERESTÜRKIS
868-LAPISLAZULI-BLAU
876-HELIOTROP-LILA

Ich drücke die Fingerspitze an jeden der Stifte; Anna sorgt dafür, dass sie immer sorgfältig gespitzt sind.

»Was ist los, Emmaline? Du siehst so unglücklich aus.«

»Ich muss sie ausleihen.«

Jetzt ist es Anna, die unglücklich ist. »Darüber haben wir doch schon gesprochen. Du kannst Papier und Kreide haben oder die Stifte in meinem Zimmer benutzen. Aber sie sind mir zu wichtig. Tut mir leid, ich kann mich nicht von ihnen trennen.«

Der Brief des Herrn der Pferde drückt in meiner Tasche. Mit dem Finger fahre ich wieder und wieder an der Papierkante entlang. Mein Blick wandert zu dem Spiegel auf dem Nachttisch. Die geflügelten Pferde werden unruhig. Auf der anderen Seite des Spiegels wird der Wind stärker, er zerrt an ihren Mähnen und weht ihnen das lange Schweifhaar in die Augen. Zuvorderst steht ein dunkelbraunes Pferd, den kahlen Kopf zum Himmel erhoben, als drohe von dort

Gefahr. Wenn ich Anna erzähle, in welch gefährlicher Lage sich Foxfire befindet, würde sie womöglich wieder nach draußen wollen. Ihre dünnen Arme machen mir Angst, ich fürchte mich vor dem, was der Schnee ihr antun könnte.

»Warum malst du nicht hier im Zimmer damit wie sonst auch?« Sie deutet auf den Fächer mit Zeichnungen, die auf ihrem Bett liegen.

Ich ziehe die Hand aus der Tasche.

»Das ist ein Geheimnis.«

»Hat es mit dem geflügelten Pferd im Sonnenuhrgarten zu tun?«

Ich halte inne. »Sie heißt Foxfire.«

Annas Blick wandert für einen kurzen Moment zum Spiegel. Dort sind die Pferde inzwischen losgerannt. Schneller und schneller galoppieren sie auf dem Rasen vor dem Krankenhaus mit dem Wind um die Wette. Sie sind schon fast bei der Steinmauer, die das Anwesen des Krankenhauses von Mr Masons Farm trennt. In letzter Minute breitet das Pferd an der Spitze seine Flügel aus und hebt ab. Sieht Anna die Pferde? Hat sie sie wegfliegen sehen?

Aber nein. Sie betrachtet nur den getrockneten Lavendel neben dem Spiegel. Schwester Constance hat gesagt, sein Duft sei gut gegen das Stillwasser, doch ich vermute, es ist die Form dieser Blume, die Anna besonders mag, denn sie zeichnet sie immer wieder.

Anna fährt mit dem Finger über den Kasten mit den

Stiften. »Na ja, das klingt, als wäre es wirklich wichtig. Du könntest dir einen nach dem anderen ausleihen«, sagt sie. »Welchen möchtest du als Erstes?«

Ich deute auf 863-KANARIENGELB. Die Farbe von Marjories Regenmantel. Mit Fingern, die so weiß und zerbrechlich sind wie Porzellan, holt Anna ihn aus dem Kasten.

Ich betrachte den Farbstift genau und denke an alles, was hier im Krankenhaus gelb ist. Butter. Mais. Dosenpfirsiche. Mein Magen knurrt. Bald Zeit für den Fünfuhrtee. Von unten weht der Duft von Fleischbrühe herauf, und dann bringt Schwester Mary Grace einen Teller Lauchgemüse und ein Glas Wasser für Anna.

Ich stecke den gelben Stift in die Tasche, in der auch der zerknüllte Brief vom Herrn der Pferde liegt. Ich kann unmöglich Butter oder Mais oder Dosenpfirsiche in den Sonnenuhrgarten bringen. Foxfire würde alles auffressen.

Ich gehe in die Bibliothek und in den ehemaligen Ballsaal, der jetzt mit Holzbänken ausgestattet ist und als Kapelle dient. Schließlich finde ich die drei Mäuschen und Arthur draußen auf der Küchentreppe.

»Teestunde«, sage ich. Beim Klang meiner Stimme springen sie auf und kichern in ihrer Mäusesprache, die offenbar auch der arme, stumme Arthur nicht versteht, denn er beginnt am Daumen zu lutschen. Er starrt mich aus seinen großen Augen an, dann schaut er an mir vorbei auf den Waschkessel aus Zinn. Beth gibt ihm einen Stups, und alle gehen hinein. Ich schnappe mir Susan, das kleinste der Mäuschen.

»Wo genau habt ihr neulich diese langen schwarzen Federn gefunden?«, frage ich.

»Gleich hier.« Sie deutet auf jene Ecke der Küchenterrasse, wo Schwester Mary Grace unsere Wäsche wäscht. »Ich glaube, sie sind vom Dach geweht worden. Ich wette, wenn der Schnee schmilzt, werden wir Hunderte davon finden. Kitty sagt, sie sind von Riesenkrähen, die den ganzen Weg von Amerika hergeflogen sind.«

Ich lasse sie gehen, und sie stolziert zu den anderen, die auf sie gewartet haben.

Ich blicke zum Dach hinauf.

Ich glaube nicht, dass es irgendwo so große Krähen gibt, nicht mal in Amerika.

Und dann mache ich einen Schritt zum Rand der Terrasse, wo die Waschzuber gestapelt sind. Dort bleibe ich stehen für den Fall, dass die Schwestern mich durchs Fenster beobachten.

Mein Fuß tritt in etwas Weiches, Stinkiges.

Igitt.

Schafslosung. Ich streife meinen Schuh auf dem Klinkerboden ab, dann halte ich inne. Irgendwas stimmt nicht. In den Klumpen befinden sich Knöchelchen von kleinen Tieren. Vogelschwingen und Mäusezähne. Dinge, die man in Schafsmist nicht findet. Vielleicht stammt die Losung von den Füchsen. Oder vielleicht von dem bösen Pferd, das andere Tiere jagt, ein Pferd, das den Schnee auf dem Dach zertrampelt und lange schwarze Federn verliert. Ich bilde mir ein, verrotteten Seetang zu riechen.

Ich richte mich auf, mir ist übel.

Ich renne hinein und knalle die Küchentür hinter mir zu. Mein Herz pocht wie verrückt. Selbst durch Steine und Holz und Dachziegel spüre ich, wie das Schwarze Pferd über dem Haus kreist. Vorerst mag Foxfire sicher sein, aber mit jeder Nacht wird der Mond heller. Bald wird das Schwarze Pferd sie entdecken, und sie kann nicht wegfliegen.

Ich muss etwas Gelbes finden. Schnell.

17. Kapitel

Dr. Turner drückt mir das Stethoskop an den Rücken.

Ich kann sein Gesicht im Spiegel sehen. Er runzelt die Stirn. Die buschigen Augenbrauen ziehen sich zusammen. Der Mund unter dem Schnurrbart ist verkniffen. Seufzend lässt er das Stethoskop sinken, das ihm um den Hals hängt. Als er sich mir zuwendet, ist seine Stirn wieder glatt. Er löst zwei große Aspirin-Tabletten in Wasser auf und reicht mir das Glas.

»Gurgle damit und zähle bis zwanzig, dann spuck es aus.«

Langsam zähle ich im Kopf und spucke in einen Becher. Als ich wieder aufblicke, hält er mir eine gelbe Karte hin. Sein Blick weicht mir aus. Er räuspert sich. »Häng das außen an deine Tür.«

Ich starre die Karte an.

Gelb?

Die Schwestern und Dr. Turner meinen, wir wüssten nicht, was die Karten bedeuten, doch da täuschen sie sich. Natürlich wissen wir es. Gelb bedeutet eine Extradosis Lebertran. Gelb bedeutet den Sonnenschein nur durchs Fenster fühlen.

Von Gelb ist es nur noch ein Schritt bis Rot.

»Sie irren sich«, sage ich, meine Stimme ist entschlossen. »Mir geht es besser. Ich gehöre nicht zu den Kindern, die wirklich krank sind. Ich huste nur manchmal. Ich möchte bitte eine blaue Karte.«

Aber er gibt mir keine blaue. Er sagt auch nichts. Jetzt sehen seine Augenbrauen besonders buschig aus. Er wendet sich ab, um etwas in sein Buch zu schreiben.

Meine Stimme schwankt. »Kann ich wenigstens die Schokolade haben?«

Sein Stift hält inne, er holt tief Luft und schreibt weiter. Dann stößt er einen tiefen Seufzer aus. »Es gibt keine Schokolade mehr.«

Ich stecke die Karte in meine Tasche zu dem Apfel, den ich Foxfire bringen will. Während Dr. Turner schreibt, betrachte ich die geflügelten Pferde im Spiegelzimmer, aber ich bin zu schockiert, um darüber lachen zu können, wie sie an die Wände der Butlerkammer stoßen, an den gespiegelten Medizinflaschen und an Dr. Turners gespiegelter Tasche schnuppern. Eines reißt aus Versehen eine Schachtel mit Spateln herunter, die klappernd zu Boden fallen. Die Pferde fahren erschrocken auf und preschen zur Tür.

Ich wende mich von ihnen ab. Auf unserer Seite des Spiegels liegt die Schachtel mit den Spateln noch auf dem Regal.

Dann sehe ich es: Das Etikett auf Dr. Turners großer Flasche mit den Tabletten ist gelb – 863-KANARIENGELB –, genau die gleiche Farbe wie Annas Stift in meiner Tasche. Das Etikett ist alt und löst sich an den Ecken ab, aber alles, was zählt, ist die leuchtende Farbe, so leuchtend, dass sie den Augen des Schwarzen Pferdes weh tun wird.

Dr. Turner murmelt vor sich hin, wendet sich dem Schränkchen zu und schreibt etwas auf seinen Rezeptblock.

Ich starre die Flasche an. Ich könnte danach greifen, jetzt, wo er mir den Rücken zuwendet.

Im Spiegel steckt eines der geflügelten Pferde den Kopf durch die Tür und beobachtet mich.

Jetzt.

Ich packe die Flasche und versuche, das gelbe Etikett abzuziehen, aber es klebt fest. Ich muss die ganze Flasche mitnehmen. Es sind nur noch zwei Tabletten übrig. Zwei Tabletten können Annas Leben nicht retten. Zwei Tabletten können Kittys Husten nicht heilen. Aber das gelbe Etikett könnte Foxfire retten. Mein Herz pocht und pocht, und das Stillwasser gerät in Bewegung. Ich stecke die Flasche genau in dem Moment in die Tasche, als Dr. Turner sich umdreht und das Stillwasser meine Lungen überschwemmt. Der Husten schüttelt meinen ganzen Körper.

Er nimmt ein frisches Taschentuch. »Denk daran, dir immer etwas vor den Mund zu halten, wenn du hustest. Das ist ganz wichtig.«

Wie kann ich an etwas anderes denken, wenn die gelbe Karte ein Loch in meine Tasche brennt? Ich rutsche von der Untersuchungsliege. Erst als ich die Terrassentür erreiche und frische Luft einatme, beruhigen sich meine Lungen wieder.

Aus dem offenen Küchenfenster dringt das Klappern von Töpfen. Mir bleibt wenig Zeit, bald wird Schwester Mary Grace mich zum Kartoffelschälen holen. Nach einem Blick auf die gelbe Karte wird sie mir erklären, dass ich nicht mehr hinausdarf, nicht einmal auf die Küchenterrasse.

Ich renne zur Gartenmauer und klettere hinauf.

Als es zu schneien begann, war die Welt makellos und weiß, und Foxfire passte so gut hinein, als wäre sie selbst aus Schnee. Inzwischen ist der Schnee nicht mehr makellos. Er ist matschig und mit Erde vermischt. Auch an Foxfires Hufen und an ihrem Bauch klebt schmutziger Schnee. Die Mähne ist verfilzt und müsste dringend gekämmt werden. Im Schweif haben sich dürre Zweige verfangen.

Aber mein Herz macht trotzdem einen Sprung, als ich sie sehe.

»Du siehst ja schrecklich aus«, sage ich. Dann bemerke ich, dass auch mein Haar verfilzt ist, dass auch an meinen Stiefeln Matsch klebt. »Na ja, wir sehen beide schrecklich aus.«

Foxfire wirft den Kopf, als stimmte sie mir zu. Sie kommt geradewegs auf mich zu und beschnuppert meine Tasche, bis ich den Apfel heraushole. Noch bevor ich ihn auf meine Handfläche legen kann, schnappt sie ihn sich.

Ich bin mir nicht sicher, ob sie bereits Vertrauen zu mir gefasst hat, und strecke vorsichtig die Hand nach ihrer Mähne aus. »Ganz ruhig. Ich zupfe nur diese Ästchen heraus.«

Sie hält im Kauen inne und beäugt meine Hand, aber sie buckelt nicht, bäumt sich nicht auf. Ich bin dicht bei ihr. Ganz dicht. Dann liegen meine Hände auf ihrem Hals. Wie lebendig sie sich anfühlt! Das weiße Fell ist voller Erdklumpen, aber darunter ist sie warm. Ich glaube, ihren Herzschlag zu spüren. Spürt sie meinen auch?

»So ist's gut, siehst du? Ganz gut.«

Behutsam streichle ich sie, vom Ohr zur Schulter, immer wieder. Erdkrümel und Staub regnen herab und reizen mich zum Husten. Mit jedem Strich wird sie ruhiger. Ich entferne so viele Zweige wie möglich, aber der Schmutz sitzt tief. Ich muss Thomas fragen, ob er einen Kamm hat.

Ich lasse sie los und suche im Efeu nach einem Platz für die Arzneiflasche. Unweit des roten Bandes finde ich eine geeignete Ranke und verstecke die Flasche dahinter. Ihr gelbes Etikett leuchtet hier draußen noch viel gelber, so gelb wie die ersten Krokusse nach einem langen Winter. Meine Mutter hat mit Marjorie geschimpft, wenn sie sie pflückte. Aber Marjorie hat es trotzdem getan und die Blüten zwischen den Seiten von Mamas dickstem Kochbuch gepresst, bis sie hauchdünn waren. Dann hängte sie sie in einem Rahmen über ihrem Bett auf, damit für immer Frühling war.

Dr. Turners Karte raschelt in meiner Tasche. Foxfire beobachtet, wie ich sie herausnehme und in kleine Fetzen reiße, die ich unter dem Schnee verstecke.

Eine Wolke zieht über uns hinweg und wirft Schatten auf den Garten. Beide blicken wir nach oben und scheinen dasselbe zu denken: Man weiß nie, wo das Schwarze Pferd lauert. Hinter den winterlich kahlen, knorrigen Zweigen der alten Eichen vor dem Krankenhaus? Hinter den tiefziehenden Wolken? Dort wartet es auf das silbrige Mondlicht, damit es die Verfolgung wieder aufnehmen kann.

»Meinst du, das Schwarze Pferd kann die Flasche von dort oben sehen?«

Foxfire bewegt den Kopf; es kann ein Nicken oder ein Kopfschütteln oder auch ein Schulterzucken sein. Dann zieht sie sich in jene Ecke des Gartens zurück, der am meisten Sonne bekommt. Das Licht schneidet ihren Körper in zwei Teile. Eine Hälfte ist angestrahlt, die andere im Schatten.

Sie schnaubt.

Wieder schaue ich zum Himmel hinauf. Die Wolken haben sich verzogen, jetzt scheint die Sonne direkt auf die Flasche. Das Glas schimmert und das Etikett leuchtet. »Ja«, sage ich. »Ja, bei Vollmond wird es ihm die Augen verbrennen.«

18. Kapitel

KLOPF, KLOPF.

»Komm herein«, ruft Thomas von der anderen Seite des Scheunentors. Ich spähe hinein. Er mistet den Pferch aus und schaufelt den Mist auf einen Schubkarren. Bog hat sich auf dem schmutzigen Boden neben dem Stapel mit den Holzkisten zusammengerollt. Er hechelt freundlich zu mir herüber.

Ich trete ein und lasse den Blick durch die Scheune wandern, das Reich von Thomas. Ein Ort für Männer und Tiere, für Werkzeuge mit scharfen Kanten. Aber es riecht gut hier drin, nach dem Stroh in meiner Matratze und nach süßer Haferkleie. An der Rückseite der Werkbank hängt eine halbvergessene Gasmaske. Ich spiele mit dem Gummiriemen.

»Ich brauche einen Kamm für Foxfire.«

Er hält inne und wischt sich mit der bloßen Hand die Stirn. Ich frage mich, ob die Amerikanerinnen extra Handschuhe für einarmige Jungen stricken.

»Du weißt, wie man ein Pferd putzt?«, fragt er neugierig.

Ich versuche, nicht zu lange auf den leeren, mit einer Sicherheitsnadel befestigten Ärmel zu starren. Stattdessen beuge ich mich zu Bog hinunter, um ihm den Kopf zu streicheln. Er wirft sich auf den Rücken und streckt ein Bein in die Luft, so dass ich seinen Bauch mit der Stiefelspitze kraulen kann. Unter meinem Fuß rollt sein ganzer Körper hin und her, hin und her.

»Wenn nicht, zeige ich es dir«, fährt Thomas fort. »Das Auskratzen der Hufe kann problematisch sein.« Er wühlt in einem Behälter mit Bürsten, Striegeln und Kämmen, bis er einen Hufkratzer findet, den er mir reicht.

»Und dann musst du ihr die Mähne kämmen.« Er hält einen Kamm mit weit auseinanderstehenden Metallzähnen hoch. »Du musst an den Enden anfangen und dich langsam hocharbeiten.« Er fährt mit dem Kamm durch die Luft. »Genauso beim Schweif. Nur die Flügel, die lässt du besser in Ruhe, wenn sie verletzt ist. Es braucht Zeit, bis so etwas heilt ...«

Er verstummt, weil draußen Schritte zu hören sind.

Es klopft.

Rasch und fast entschuldigend. Thomas und ich sehen uns an. Er legt den Kamm beiseite und öffnet das Tor. Draußen steht Schwester Mary Grace. Sie macht einen Schritt zurück, als er das Tor aufstößt.

»Schwester?«

»Thomas, da sind Männer, die zu dir wollen.« Sie hält kurz inne. »Offiziere.«

Sie zupft am Ärmel ihrer schwarzen Tracht, ein weites Gewand aus viel Stoff, aber offenbar nicht genug, um sich dahinter zu verstecken. Ihr Blick wandert zu mir und Bog. »Emmaline? Was machst du …« Sie seufzt. »Hinein mit dir. Aber schnell.«

Thomas pfeift Bog, mit einem Satz ist er bei seinem Herrn.

Ich trotte mit ihnen zum Haus. Die Hand von Schwester Mary Grace liegt auf meiner Schulter, streicht über die kurzen Haare. Hinter der Glasscheibe der Küchentür erscheint das verhärmte Gesicht von Schwester Constance. Sie öffnet die Tür für uns. Zwei Männer sind bei ihr. Sie sind jung und tragen schneidige Uniformen; unter ihren Mützen sehen schwarze Haare hervor.

Schwester Constance sieht mich streng an. »Jetzt, wo du eine gelbe Karte hast, darfst du nicht nach draußen, das weißt du doch, Emmaline. Schon gar nicht bis zur Scheune.«

»Entschuldigung, Schwester. Ich verspreche, ich werde nicht mehr herumspazieren.«

»Das wollen wir hoffen.« Ihre Stimme ist hart.

Sie schlägt Bog die Tür vor der Nase zu. Er presst seine Hundeschnauze gegen die Scheibe, dass das Glas beschlägt. Thomas will etwas sagen, hält sich aber zurück. Die jungen Soldaten wirken umgänglich, es könnten Freunde von ihm sein, aber sie lächeln nicht.

»Mr Thomas Whatley?«

»Ja.«

Ich blicke über die Schulter zurück, während ich mich

so langsam wie möglich in die Diele zurückziehe. Als ich in die Bibliothek komme, ist der Raum vom Wispern der anderen erfüllt. Wie seltsam. Benny, Jack und zehn weitere Kinder, die eigentlich ihre Hausaufgaben machen sollten, pressen die Ohren gegen die Wand.

»Was macht ihr –«

»Schnell, Floh!« Jacks Flüstern klingt vorwurfsvoll. »Wenn du den Mund hältst, können wir sie belauschen.«

Ich blicke ihn grimmig an. Die Lionel-Lokomotive mit der echten Pfeife steht neben ihm. Am liebsten würde ich ihr einen Tritt geben und das glänzende grüne Metall durchs Zimmer kicken –«

Dann stockt mir der Atem.

Grün.

Der Lack schimmert im Licht: 865-SMARAGDGRÜN. Würde ihm recht geschehen, Bennys kleinem Spitzel, wenn die Lok plötzlich weg wäre ...

Vom anderen Ende der Diele sind die gedämpften Stimmen der Soldaten zu hören. Beth, eines der Mäuschen, flitzt herüber und klopft neben sich auf den Boden. Ich reiße mich von Jacks Lok los, dränge mich zwischen die fieberwarmen Körper der anderen Kinder und presse das Ohr an die dünne Wand. Ich kann nicht alles verstehen, was die gedämpften Stimmen der Soldaten sagen, aber es geht wohl um eine Schlacht irgendwo in Ägypten. Eine Granate und ein Lazarett. Dann stößt Thomas ein lautes Stöhnen aus.

»Was ist passiert?«, flüstert Susan, das kleinste der Mäuschen, die gerade hereingekommen ist. »Hat es mit dem Krieg zu tun?«

»Natürlich«, schnauzt Benny sie an. »Wenn Soldaten kommen, hat es immer mit dem Krieg zu tun. Sie reden über Thomas' Vater. Er hat gegen Rommel und dessen Afrikafeldzug gekämpft. Ich glaube, er ist gefallen.« Benny schleicht auf Zehenspitzen zur Tür und späht in die Diele hinaus. Als er zurückkommt, tut er so, als nähme er feierlich seine Mütze ab, offensichtlich eine Geste, die er bei den Soldaten gesehen hat. »Sie haben Thomas ein Päckchen gegeben. Vermutlich die Hinterlassenschaft seines Vaters aus dem Lazarett, Briefe und so was. Sie haben auch von Medaillen gesprochen und ihm eine kleine Schachtel mit dem königlichen Wappen überreicht. Sie sagten, sein Vater sei einer von Englands tapfersten Helden.«

»Armer Thomas«, sagt Susan.

Benny reckt das Kinn nach oben. »So etwas passiert eben. Das Leben geht weiter.«

Peter hustet.

Schwester Mary Grace steckt den Kopf herein und sagt, man könne unser Getuschel bis zum anderen Ende der Diele hören. Alle springen auf und rennen die Treppe hinauf, dann hört man oben im Wohntrakt Zimmertüren schlagen.

Ich werfe einen Blick in die Bibliothek. Jacks Lokomotive ist verschwunden; er muss sie mitgenommen haben.

»Was ist passiert?«, ruft Anna oben aus ihrem Zimmer. »Hallo? Warum sagt mir keiner was?«

Doch niemand gibt ihr Antwort.

Am Eingang reden die Soldaten immer noch beschwichtigend auf Thomas ein, der das Päckchen mit den Papieren an sich drückt. Schwester Mary Grace hat eine Hand vor den Mund geschlagen. Thomas steht mit dem Rücken zu mir. Ich kann sein Gesicht nicht sehen.

Langsam gehe ich die Stufen zu meinem Dachzimmer hinauf. Auf den Wangen spüre ich heiße Tränen. Thomas ist kein Monster, da bin ich sicher. Und er leidet.

Ich stoße das mit Eisblumen überzogene Fenster auf. Wenn ich mich hinauslehne, kann ich gerade noch eine Ecke des ummauerten Gartens sehen.

Ich weiß, dass das rote Band und die gelbe Flasche sicher an ihrem Platz im Efeu verstaut sind. Ich hoffe, das Farbspektrum bald um die smaragdgrüne Lionel-Dampflok mit der echten Pfeife erweitern zu können, die einem frechen Jungen gehört.

Für alle Fälle werfe ich noch einen Blick nach oben. Der Himmel ist klar. Dort oben kreist kein Schwarzes Pferd, aber ich spüre seine Nähe. Es wartet. Es wittert uns. Es ist auf der Jagd.

Unten auf den Stufen zum Eingang sitzt Bog in der Kälte, die Schnauze gegen das Glas gedrückt. Er wartet auf Thomas.

19. Kapitel

Die alte Prinzessin sammelte gern Sachen. Ich weiß das, weil mein Zimmer auf dem Dachboden ist. Und abgesehen von dem einen Mal, als Jack und Benny rauchten, kommt außer mir kein Kind hier herauf. Die Treppe ist eng und steil. Es gibt kein richtiges Licht, nur Kerzen und Laternen und nur ein Fenster an jedem Ende. Der Speicher ist staubig, und die Kisten mit den fremdsprachigen Aufschriften sind mit Spinnweben überzogen. Die meisten sind leer. Als die Prinzessin wegzog, hat sie fast alle Kostbarkeiten von unten mitgenommen, außer dem Geschirr und Sachen, die im Krankenhaus gebraucht wurden. Aber an die Kisten hier oben hat sie vielleicht nicht mehr gedacht, weil sie schon alt war. Sie wurden einfach vergessen.

Wir haben bereits Verdunkelung, und ich habe Schwester Constance versprochen, mich nicht mehr hinauszuschleichen, doch hier auf dem Speicher kann ich mich ungesehen und ungehört bewegen. Ich zünde eine Kerze an, befestige sie auf einem Teller und stelle sie neben die größte Kiste, einen alten Schrankkoffer mit vermoderten Lederschnallen und Salzwasserflecken an den Ecken.

Der Mond draußen ist bereits eine Sichel und nimmt

mit jeder Nacht zu. Ich denke an den Kasten mit Annas Farbstiften. So viele Farben muss ich noch finden, bis jetzt habe ich erst zwei.

Der Deckel des Koffers ist schwerer als erwartet, und es kostet große Anstrengung, ihn aufzuklappen und leise wieder abzulegen. Das Stroh, das als Füllmaterial diente, ist zu Staub zerfallen. Es kratzt im Hals, und ich unterdrücke ein Husten. Beim Herumwühlen fällt mir ein in Zeitungspapier gewickeltes Päckchen in die Hände. Es enthält einen kleinen geschnitzten Frosch. Er ist niedlich, aber aus grauem Stein gemacht, und das ist das Letzte, was ich jetzt brauche. Also wandert er zurück in den Koffer. Dann wickle ich das nächste Objekt aus: ein goldenes Kästchen; der Deckel ist mit einem Käfer verziert, die Seiten mit aufgemalten Bildern und Symbolen. Ich weiß nicht, ob Gold eine richtige Farbe ist, sie gehört jedenfalls nicht zum Spektrum von Annas Farbenkasten. Aber ich mag den Käfer sowieso nicht und packe ihn wieder in den Koffer. Dann ziehe ich ein Samtbeutelchen hervor, dessen Inhalt ich mir in die hohle Hand schütte: einzelne Steinperlen und winzige Figürchen, die man an einer Halskette tragen kann; eine Frau mit Flügeln und ein Wesen mit Menschenkörper und Hundekopf. Eine lange Kette mit blaugrünen Perlen, die im Kerzenlicht schimmern. Für einen kurzen Moment fühle ich mich tatsächlich wie eine Entdeckerin.

867-MEERESTÜRKIS.

Die Farbe entspricht genau dem türkisfarbenen Stift in Annas Kasten! Vorsichtig lasse ich die Perlen in meine Tasche gleiten, stehe auf und klopfe mir den Staub vom Nachthemd. Neben dem Schrankkoffer stehen Schachteln mit dem Aufdruck LOCK & CO. oder EDE & RAVENSCROFT, manche sind rund, andere länglich und flach. In der ersten finde ich einen altmodischen schwarzen Hut mit kurzem Schleier. Die nächsten sind, abgesehen von mehreren Lagen Seidenpapier, leer. Beim Inhalt der letzten hellt sich mein Gesicht auf. Ein weicher, schimmernder Stoff in 848-BLASSROSA! Grinsend vor so viel Glück, wühle ich mich durch Lagen aus Seidenpapier. Als ich es herausziehe, merke ich, dass es nicht bloß Stoff ist, sondern ein mit Spitzen verziertes Kleidungsstück. Ich traue meinen Augen kaum, als ich es ins Licht halte.

Ein Nachthemd.

Aber nicht wie mein Nachthemd. Es ist eins von jenen Nachthemden. Das Nachthemd einer Frau.

Hat es der alten Prinzessin gehört? Ich kann mir nicht vorstellen, dass eine anständige, betagte Dame rosa Seide und Spitze trägt. Bei der Vorstellung muss ich kichern und halte mir die Hand vor den Mund.

Ich sollte es besser in der Schachtel lassen. Ich kann schließlich keine Damenwäsche an die Gartenmauer hängen. Was, wenn Thomas einen Blick in den Garten wirft?

Was, wenn der Herr der Pferde es entdeckt, während er mir den nächsten Brief hinlegt?

Aber Rosa ist eine ziemlich seltene Farbe. Niemand hier legt Wangenrot auf, und es gibt auch keine Geschenkschachteln mit Schokolade. Also falte ich das Nachthemd zusammen. Vier Farben habe ich schon, vier brauche ich noch. Bei der Vorstellung, wie die alte Prinzessin in ihrem rosa Negligé herumtanzt, erröte ich und muss laut lachen. Dann presse ich wieder die Hand vor den Mund, diesmal, um ein Husten zu unterdrücken.

20. Kapitel

»Ach, der arme Thomas! Das hättest du mir gleich erzählen sollen.«

Anna ist böse auf mich. Ich gebe ihr den gelben Stift zurück, in der Hoffnung, sie damit zu besänftigen. Sie seufzt, und ihre Augen sind rot, als sie den Stift an seinen Platz zurück und den Kasten aufs Bett neben den geöffneten Band *Flora und Fauna* legt.

Ich fahre mit den Fingern an den gespitzten Farbstiften entlang. 865-SMARAGDGRÜN. Was außer Jacks Lok hat diese Farbe? Tannennadeln würden braun werden. Und da ist noch das verblichene Sofa in der Bibliothek, aber es bräuchte vier starke Männer, um es hochzuheben.

Also bleibt nur die Lok.

»War Thomas' Vater richtig berühmt?«, frage ich.

»Ja, er hatte viele Auszeichnungen und war Träger des Victoria-Kreuzes. Im Ersten Weltkrieg, als er so alt war wie Thomas, hat er in der Kavallerie gedient, und in der Schlacht von Cambrai soll er so schnell geritten sein, dass er die Männer in den Gräben vor dem herannahenden Giftgas warnen konnte. Das war, bevor so was automatisch ging. Sie haben ihn dafür zum Sergeant befördert und einer Spezialeinheit zugeteilt. Es stand sogar in der Zeitung. Thomas hat die Ausschnitte in ein Buch geklebt. Nachdem seine Mutter gestorben war, hat seine Tante aus Wales sie ihm geschickt.« Seufzend blickt sie auf ihre Hände. »Aber sein Vater hat ihn nie richtig anerkannt.«

»Warum?«

Ihre Wangen röten sich. »Wegen seines Arms konnte er ja nicht Soldat werden.«

»Was wird er jetzt tun?«

»Dasselbe wie wir. Hierbleiben. Schafe hüten. Faulige Zwiebeln essen und warten.«

Ich lege den grünen Stift wieder in den Kasten. »Meinst du, er kann mit nur einer Hand den Huf eines Pferdes hochheben?«

Anna zieht eine Augenbraue hoch. »Wieso fragst du?«

Ich zucke mit den Schultern.

Sie blickt wehmütig zur Decke und presst eine Hand gegen die Kehle. »Ich glaube, dass Thomas alles kann. Ich glaube, dass er diesen Krieg gewinnen würde, wenn sie ihn einziehen würden.«

Ich wälze mich auf den Rücken und schaue hinauf zu Annas Decke. Das hier war früher das Schlafzimmer der Prinzessin. An der Decke ist ein Gemälde mit griechischen Göttern, manche stark und schön, andere mit kleinen Kugelbäuchen und aus Gips geformten Locken. Anna erzählt mir Geschichten über sie. Zeus. Hera. Hades. Aber nur, wenn die Schwestern nicht in der Nähe sind. Sie nennen solche Geschichten gotteslästerlich.

»Vermisst du deine Familie?«, fragt Anna unvermittelt.

Ich nehme den blauen Stift heraus. Nein, doch lieber den roten. Im Krankenhaus gibt es einige rote Dinge. Annas Fellmütze. Die Suppendosen in der Speisenkammer. Aber ich habe ja bereits das rote Band vom Herrn der Pferde.

»Emmaline?«

Ich lege den roten Stift zurück. »Ich vermisse meine Pferde.«

Sie lässt sich in die Kissen sinken, blickt zum Fenster hinaus und fährt mit den Fingern liebevoll den Buchrücken entlang. »Du wirst sie wiedersehen.«

»Nein, das werde ich nicht.« Ich muss an Thomas' Vater denken und stelle mir meine Pferde vor, dabei füllt sich mein Mund mit Asche. Ich schlucke sie hinunter, aber sie kommt immer wieder hoch. »Sie sind tot.«

Annas Kopf fährt zu mir herum. »Oh, mein Gänschen. Das tut mir so leid.«

Ich muss daran denken, wie die Pferde gegen ihre Boxen schlugen, immer und immer wieder, und keiner hat sie rausgelassen.

»Die Geschichten von den Bombardierungen sind einfach schrecklich«, sagt sie. »Alle reden von London, aber Nottingham hat es mindestens so schwer getroffen, nicht wahr? So viele verlorene Seelen in nur einer Nacht. Und die ganzen Brände. Ich habe gehört, dass manche selbst nach einer Woche noch schwelten, als man die Trümmer durchsucht hat, nach … Menschen.« Sie hält inne. »Willst du darüber reden, Em?«

Ich nehme den lila Stift und halte ihn gegen das Licht.

Anna streicht über meine stoppeligen Haare. »Natürlich möchtest du nicht. Es wäre ja Wahnsinn, über so etwas nachzudenken. Stellen wir uns besser vor, wie wir nach Hause gehen und unsere Familien wiedersehen. Ich werde sie alle umarmen, besonders meinen Bruder Sam. Er wird den Krieg heil überstehen, da bin ich sicher.«

Sie beugt den Kopf in meine Richtung. »Ich habe beschlossen, später Naturwissenschaften zu studieren und Professorin zu werden. Ich habe ein wenig nachgeforscht wegen des Namens von deinem geflügelten Pferd, Foxfire, und ich habe Erstaunliches herausgefunden.« Sie blättert in dem Buch und deutet dann auf das Bild eines leuchtenden Insekts. »Hast du gewusst, dass solche Wesen leuchten? Eine Erscheinung, die bei bestimmten Insekten, Pilzen und Wassertieren vorkommt.« Liebevoll fährt sie über die Seite. »Bevor die Leute wussten, wie dieses Leuchten zustande kommt, hielten sie es für Zauberei. Sie nannten es Irrlicht oder Feenfeuer.« Sie lächelt. »Aber auch Fuchsfeuer, und nichts anderes bedeutet der Name deiner Stute.«

»Foxfire ist nach einem leuchtenden Insekt benannt?«

»Fuchsfeuer ist eine leuchtende Pflanze«, erklärt sie

lachend. »Wenn Holz verrottet, wächst darin ein Pilz, der blaues Licht aussendet. In manchen Fällen ist es so hell, dass man damit bei Nacht lesen kann.«

Ich starre auf die Illustrationen in ihrem Buch.

»Ich dachte, wenn du später als Entdeckerin die Welt bereist, wirst du vielleicht selbst Fuchsfeuer finden. Ich meine den leuchtenden Pilz, nicht das Pferd. Darwin hat darüber geschrieben: ›Als ich in einer sehr dunklen Nacht in diesen Breiten unterwegs war, bot uns das Meer ein wunderbares und höchst prächtiges Schauspiel. Die gesamte Oberfläche leuchtete in einem blassen Licht.‹« Sie lächelt. »Vielleicht wirst du auch eine neue Art entdecken, die dann *Mycena emmaline* oder *Mycena marjorie* genannt wird. Es würde deiner Schwester bestimmt gefallen, wenn ein Pilz nach ihr benannt wird, nicht wahr?«

Ich stehe vom Bett auf. In dem Spiegel auf Annas Kommode herrscht Ruhe. Er wirkt verlassen, wenn darin nur mein Spiegel-Ich und die Spiegel-Anna zu sehen sind.

»Emmaline?«

Schweigend gehe ich hinaus und wandere den langen Gang entlang. In allen Zimmern ist es ruhig, nur aus dem letzten dringt das Schnarchen des kleinen Arthur. In einer Nische steht ein Glasschrank mit allerlei kuriosen Dingen, die die alte Prinzessin nicht für mitnehmenswert hielt: Vogelnester. Schlangenhaut. Ein geschnitzter Stein. Offenbar alles Sachen, die jemand hier auf dem Anwesen gefunden hat. Ich öffne den Schrank und nehme eine angeschlagene Obstschale mit vergilbten alten Visitenkarten heraus. Professor H. K. Hopper, Ägyptologe. Lord Barchester. Miss A. Rodan, Pilotin.

Das müssen die berühmten Leute sein, mit denen die alte Prinzessin verkehrte, deren Schätze, Geschenke an Ihre Hoheit, oben im Speicher aufbewahrt sind. Ich frage mich, ob Thomas' Vater auch unter den Gästen war.

Ich blicke zurück zu Annas Zimmer.

Sie sagt, ich könnte später Entdeckerin werden - eine Berühmtheit wie die Leute von den Visitenkarten. Sie sagt, ich sei es bereits.

Manchmal habe ich den Eindruck, dass Anna mich besser versteht als alle anderen auf der Welt.

Ich lächle, nur ein bisschen, ganz für mich.

21. Kapitel

Aus der Diele ist Getuschel zu hören.

Ich lege die Visitenkarten zurück in die Obstschale und schließe eilig den Glasschrank. Die Stimmen führen mich in die Bibliothek. Rodger, der Junge mit dem weinroten Muttermal, und Susan machen am Tisch Rechenaufgaben für Schwester Constances Mathematikstunde. Sie sitzen mit dem Rücken zu mir. Ganz in der Nähe ist Jack auf dem Sofa eingeschlafen. Auf dem Teppich, nur wenige Zentimeter von seiner herunterhängenden Hand entfernt, steht die Lionel-Dampflok.

Ich werfe einen Blick in die Diele; niemand da. Ich brauche die Lok nur zu nehmen. Ein berühmter Entdecker würde vor einer wichtigen Mission nicht zurückschrecken, und auch ich tue das nicht.

Jetzt.

Ich lasse mich auf alle viere nieder, damit die Kinder mich nicht bemerken, und krieche vorsichtig näher. Ich robbe durch das Niemandsland der Bibliothek. Jack murmelt im Schlaf; als seine Finger die Lokomotive berühren, erstarre ich. Das Murmeln der anderen Kinder verstummt für einen Moment. Mein Herz pocht *bumm-bumm, bumm-*

bumm, ich riskiere einen Blick nach oben ins Feindesland. Immer noch sind alle von mir abgewandt.

Die Lok ist jetzt direkt vor mir, aber Jacks klebrige Hand ruht darauf.

Ich ziehe die Luft ein und krieche mit der Lautlosigkeit von Englands besten Spionen weiter. Behutsam fasse ich das eine Ende der Lok, vermeide dabei die Pfeife, und ziehe sie Zentimeter für Zentimeter zu mir her. Geräuschlos rollen die Räder über den Teppich, bis Jacks Finger sich schließlich lösen.

Ich verharre unbeweglich, nur mein Herz pocht.

Aber er wacht nicht auf.

Und dann verlasse ich, die Lokomotive unterm Arm, fluchtartig das Schlachtfeld und ziehe mich in die Sicherheit der Diele zurück. Doch da nähern sich Schritte - ertappt! Der Glasschrank ist meine Rettung. Ich kann die Lok gerade noch hinter einem weichen Fuchsfell verstecken, bevor Schwester Constance um die Ecke kommt.

Ich erstarre.

Ihre Lippen sind zusammengepresst - erst gestern habe ich ihr versprochen, nicht mehr herumzuschleichen. »Emmaline!« Ihre Hand schnellt vor und packt mein Ohr. »Du solltest mit den anderen in der Bibliothek deine Aufgaben machen, junge Dame.«

»Au, au, au«, wimmere ich, aber sie zieht mich ein paar Schritte durch die Diele, bevor sie loslässt.

»Bleib den Rest des Tages in deinem Zimmer und bitte Gott um Vergebung für deinen Ungehorsam. Wenn du mir vor morgen früh unter die Augen kommst, hänge ich dir eine Glocke um den Hals wie bei einer Katze.«

Mit hängendem Kopf gehe ich zur Treppe, aber insgeheim juble ich, wenn ich an die versteckte Lokomotive denke. Gegenüber der Treppe ist die Tür zur Kapelle, und ich bleibe stehen, weil dort Kerzen brennen, obwohl gar nicht Sonntag ist. Der Altar vor den drei Bankreihen ist mit einem schweren, liturgischen Überwurf geschmückt. In der ersten Reihe sitzt jemand, sein Mund bewegt sich in stillem Gebet.

Thomas.

Er streckt die Hand nach dem Altartuch aus. Es ist von einem üppigen, königlichen Lila, das eigentlich dem Advent und der Fastenzeit vorbehalten ist. Dieselbe Farbe wie Annas Stift. 876-HELIOTROP-LILA.

Thomas lässt die Hand sinken. Er murmelt noch immer, aber die Worte sind zu leise, als dass ich sie verstehen könnte.

Tief innen in meiner Brust rührt sich das Stillwasser. Es steigt und kribbelt in meinen Lungen, bis ich mich schwer und wie ertrunken fühle, so als wäre ich von Darwins Schiff in ein Meer aus leuchtenden kleinen Wesen gefallen.

»Emmaline«, ruft Schwester Constance streng. Sie deutet auf die Treppe zum Dachboden. »Aber schnell.«

Ich gehe hinauf, meine Gedanken wandern zwischen Thomas und seinem Vater, der Spielzeuglok, dem Altartuch und Schwester Constance hin und her. Am Ende der Treppe fällt mein Blick auf meine Zimmertür, und jeder Gedanke verstummt.

Wut steigt in mir auf.

Eine gelbe Karte! Jemand hat die, die ich abgerissen habe, ersetzt! Ich will sie wieder abreißen, aber dann fällt mir ein, dass Dr. Turner einen ganzen Stapel davon hat. Wenn ich diese hier abreiße, wird er sie durch eine andere ersetzen.

Ich werfe mich aufs Bett. Meine Bücher und Hausaufgaben rühre ich nicht an.

Es hat keinen Sinn. Schwester Constance wird mich nicht aus den Augen lassen. Es wird immer neue gelbe Karten geben. Ich werde nie eine richtige Entdeckerin sein, werde nie die Pyramiden in Ägypten sehen. Ich werde nie in Amerika Pferde in freier Wildbahn beobachten. Ich werde nichts entdecken außer Staub.

Aber nein.

Ich setze mich auf.

Anna glaubt an mich, und sie ist der klügste Mensch, den ich kenne.

Mit Kreide schreibe ich auf die Rückseite einer alten Zeichnung:

Lieber Herr der Pferde,

ich weiß nicht, ob Sie dieser Brief erreicht, aber Sie sollen wissen, dass ich nicht aufgeben werde, niemals. Ich habe schon fünf farbige Gegenstände für Foxfires Schutz gefunden: einen roten, einen gelben, einen türkisfarbenen, einen rosanen und jetzt noch einen grünen. Ich werde mich bemühen, die restlichen Farben noch vor dem Vollmond zu finden, aber ich habe eine wichtige Frage: Glauben Sie, dass Gott zornig mit mir sein wird, wenn ich das lila Altartuch aus der Kapelle stehle?

Hochachtungsvoll,
Ihre Emmaline May

Ich denke an die Visitenkarte im Glasschrank, die einer Miss A. Rodan, Pilotin, gehörte, und falte meine Zeichnung in der Mitte, dann wieder in der Mitte, und klappe die Ecken aus.

Ein Flieger.

Ich öffne das Fenster und beuge mich hinaus in den Wind.

Ich lasse den Flieger lossegeln und schicke ihm Gebete nach, während er auf den Garten zufliegt. Ich hoffe, dass er am richtigen Platz landen wird.

22. Kapitel

Der nächste Tag ist ein Sonntag.

Sonntags essen wir altes Brot zum Frühstück. Das soll uns an das Fasten Christi erinnern, außerdem hat Thomas frei, und die Schwestern müssen sich nach dem Gottesdienst um die Schafe kümmern. Obwohl es in der Kapelle drei Bankreihen gibt, sagt Schwester Constance, dass wir uns in den ersten beiden zusammendrängen müssen, damit wir näher bei Gott und seinen Heilkräften sind.

Benny sitzt in der Reihe hinter mir und tritt mich in den Hintern.

Ich ignoriere ihn und schaue zur Decke. Sie ist mit schwarzen Tüchern verhängt. Anna hat mir erzählt, dass es dort prachtvolle Gemälde mit griechischen Göttern gab, so wie bei ihr im Zimmer. Die alte Prinzessin hatte extra griechische Maler kommen lassen, doch die Barmherzigen Schwestern ließen in ihrer Kapelle keinen heidnischen Götzendienst zu, auch wenn sie früher ein Ballsaal war.

Während Schwester Constance aus der Bibel vorliest, stelle ich mir vor, wie elegante Paare hier getanzt haben. Ich wette, dass die Damen Kleider in allen Regenbogenfarben trugen und die Männer Zylinder und gestutzte

Schnauzbärte hatten. Bei Kerzenschein wirbelten sie unter schwebenden archaischen Göttern herum, die Wein trinken und auf wilden Hengsten reiten. Ich frage mich, ob auch damals schon Pferde hinter den Spiegeln lebten. Vielleicht wohnte die Prinzessin ja deshalb so lange hier und ganz für sich. Vielleicht liebte sie es, morgens beim Aufwachen die geflügelten Pferde in ihrem Schlafzimmerspiegel zu betrachten. Vielleicht war sie in der Lage, mit ihnen in Kontakt zu treten. Vielleicht - ganz vielleicht - ist sie auch dem Herrn der Pferde begegnet.

Schwester Constance hat das Gebet beendet, wir stehen auf, und jemand tippt mir auf die Schulter.

Als ich mich umdrehe, steht Thomas hinter mir.

Er räuspert sich und greift in die Tasche. »Bog hat heute Morgen ein Kaninchen in den Sonnenuhrgarten gejagt«, sagt er. »Im rückwärtigen Tor ist ein Loch. Und als er zurückkam, hatte sich das hier in seinem Fell verfangen, zusammen mit lauter Dornenranken. Du bist die Einzige, die in den Sonnenuhrgarten geht, deshalb dachte ich, es müsste für dich sein.«

Er zieht einen etwas zerknitterten, feuchten Brief mit rotem Band heraus.

Einen Aufschrei unterdrückend, stopfe ich den Brief in meinen Ärmel und vergewissere mich, dass keines der Kinder etwas bemerkt hat.

»Ja, der ist für mich«, flüstere ich rasch.

Ich beobachte Thomas genau und frage mich, ob er einen Blick auf den Brief des Herrn der Pferde geworfen hat, aber der Knoten in dem roten Band ist intakt, auch wenn es ein bisschen eingerissen ist. Der Herr der Pferde muss den Brief für mich an der Sonnenuhr hinterlassen haben, von wo der Wind ihn in die Dornenhecke geweht hat.

Ich nicke ihm bedeutend zu. »Danke.«

Er nickt bedeutend zurück.

Nach dem Gottesdienst gehen die Kinder in ihre Zimmer, lesen still in der Bibel und beten. Nur ich schleiche mich die Treppe hinauf, vorbei an den geschlossenen Türen im Wohnbereich zu einem Wandschrank, wo ich in Ruhe den Brief vom Herrn der Pferde lesen kann. Ich kann kaum glauben, dass mein Flieger ihn erreicht hat. Das Papier ist feucht, und die Handschrift wirkt zittrig, so als wäre ihm das Schreiben schwergefallen.

Liebe Emmaline May,

ich habe Deinen eigenartig gefalteten Brief in einem Rosenbusch unweit der Sonnenuhr gefunden. Zu Deiner Frage: Stehlen kann ich keineswegs befürworten, auch nicht im Dienst der guten Sache. Ich schlage vor, dass Du Dir das Altartuch nur ausleihst. Vielleicht unmittelbar nach dem Gottesdienst, denn dann wird man es eine ganze Woche lang nicht vermissen. Mit etwas Glück ist Foxfire bis dahin wieder gesund, und Du kannst es unversehrt zurückbringen, ohne dass jemand etwas bemerkt. Gott wird Dich zweifellos dabei beobachten, aber er weiß auch, was tief in Deinem Herzen vorgeht, da bin ich mir sicher.

Gehabe dich wohl
Der Herr der Pferde

Ich schiebe den Brief wieder in meinen Ärmel.

Der Herr der Pferde ist so klug - jetzt ist der rechte Moment, um das Altartuch auszuleihen; es wird lange nicht vermisst werden. Darf ich es Gott wirklich stehlen? Doch mir bleibt keine andere Wahl. Ich habe das ganze Krankenhaus durchkämmt, und das ist der einzige lila Gegenstand, wenn man von dem bunten Glas in den Fenstern absieht, das unerreichbar ist.

Langsam atme ich aus. Ich werde es schaffen.

Auf Zehenspitzen schlüpfe ich aus dem Schrank in die Diele. Aus dem Zimmer, das Benny, Jack und Peter sich teilen, dringen Stimmen, und ich bleibe stehen. Ich habe mich immer schon gefragt, ob Benny an Sonntagnachmittagen tatsächlich betet.

»Lass mich los, du Monster! Popeye! Popeye, rette mich!«

Das steht mit Sicherheit nicht in der Bibel.

Ich schleiche nach oben und hole meinen Mantel und die anderen farbigen Dinge, die ich gefunden habe. Dann husche ich die Treppe wieder hinunter und halte die Luft an, als ich am Büro von Schwester Constance vorbeikomme. Sie kramt in Stapeln von Zeitungen mit dramatischen Schlagzeilen.

Ich gehe durch die Diele in die leere Kapelle und schließe die Tür hinter mir. Die Luft ist noch warm von den zwanzig Körpern, die eben hier waren. Der Altar ist kahl. Schwester Mary Grace muss das Tuch bereits für nächste Woche geglättet und zusammengefaltet haben. Ich gehe zu dem verschlossenen Schrank, in dem es zusammen mit dem Messwein und einem goldenen Kruzifix aufbewahrt wird. Aber ich weiß, wo der Schlüssel hängt. Wenn ich mich auf die Zehenspitzen stelle, kann ich ihn erreichen.

In dem Schrank finde ich das Altartuch. Ich streiche mit der Hand über den lila Stoff.

Ist das eine Sünde?, frage ich mich.

Und dann denke ich: Das ist bestimmt eine Sünde.

Meine Lungen fühlen sich schwer an. Ich kann nur flach atmen. Aber ich verdränge das Gefühl und greife nach dem Tuch. Es fühlt sich an wie Seide, als ich es zusammenraffe und unter meinem Mantel verstecke. Dann schlage ich die Schranktür zu. Die übrigen Gegenstände - das Nachthemd, die Lokomotive und die Perlenkette - wiegen schwer in meinen Taschen.

»Emmaline?«

Schwester Mary Grace erscheint am Eingang der Kapelle und mustert mich argwöhnisch. Sie trägt schwere Männerstiefel, an denen getrockneter Matsch klebt, und hat einen Eimer Schafsmilch in der Hand. »Was machst du da drin?«

Ich weiß jetzt, warum Füchse manchmal reglos verharren, wenn Hunde sie stellen. Die Richtung, in die sie rennen, könnte die falsche sein. »Ich wollte nur ...« Ich gaffe sie an. »Ich habe nur ... gebetet.«

Skeptisch hebt sie eine Augenbraue. »Im Mantel?«

Ich schlucke und suche nach einer Ausrede. »Ich konnte meinen Pullover nicht finden, es war so kalt.«

»Na gut.« Sie ist nicht überzeugt, aber der Eimer wiegt schwer in ihrer Hand. »Beten ist ... gut. Aber du solltest es in deinem Zimmer tun. Du willst doch nicht, dass Schwester Constance dich erwischt, oder?«

Sie wirft mir noch einen Blick über die Schulter zu, als sie durch die Diele geht. Kaum ist sie um die Ecke, steige ich durch die Verandatür in der Bibliothek nach draußen, dann renne ich über das Feld Richtung Park. Als ich an der Scheune vorbeikomme, schlägt Bog an, aber ich beruhige ihn und renne weiter, dann ziehe ich mich am Efeu hoch. Mit nur einem Arm zu klettern ist nicht leicht; aber im anderen halte ich die Sachen, damit sie sich nicht im Efeu verfangen. Doch ich schaffe es und springe in den Garten hinunter.

Foxfire dreht den Kopf zu mir.

»Ich hoffe, du bist dankbar für das alles«, sage ich. »Beinahe wäre ich erwischt worden.« Doch ihr Anblick sagt mir, dass es das Risiko wert war.

Ich entfalte das prächtige lila Tuch, das in der Sonne noch schöner leuchtet. Foxfire scheint es auch zu gefallen, durch den Matsch kommt sie näher, um es zu begutachten. Ich ziehe die Fäustlinge aus und verknote die Ecken des Tuchs sorgfältig im Efeu. Neben dem roten Band und der gelben Flasche hänge ich die türkisfarbene Kette auf und befestige die grüne Spielzeuglok. Als ich das rosa Damennachthemd entfalte, erröte ich. Dies ist nun zweifellos die farbenfrohste Ecke des ganzen Krankenhausgeländes.

Ich tätschle Foxfire die Nase, dann vergrabe ich meine eigene Nase in ihrer Mähne und atme tief den Pferdegeruch ein. »Siehst du? Deinem Flügel geht es schon viel besser. Er wird rasch heilen, und bis Sonntag bleibt genügend Zeit, um das Tuch zurückzubringen.«

Ich schreibe eine kurze Notiz an den Herrn der Pferde:

Lieber Herr der Pferde,

es hat funktioniert! Jetzt wird Foxfire sicher sein, bis sie eine alte Stute ist - wie lange leben geflügelte Pferde eigentlich? Es fehlen nur noch zwei Farben, Blau und Orange. Alle anderen Gegenstände habe ich aufgehängt, sogar das rosa Damennachthemd. (Das war echt peinlich!)

Hochachtungsvoll,
Ihre Emmaline May

PS: Im letzten Brief war Ihre Handschrift so zittrig. Ich hoffe, es geht Ihnen gut. Bitte schreiben Sie bald.

Als ich über die Mauer zurückklettern will, zerrt etwas an mir. Es ist Foxfire, die an meinem Mantel zupft. Ich springe wieder hinunter. Sie stampft ungeduldig mit dem Huf.

»Tut mir leid, ich habe keine Äpfel mehr.«

Wieder stampft sie mit dem Huf auf und stupst mich an die Schulter, so kräftig, dass ich gegen den Efeu gedrückt werde. Mir bleibt die Luft weg.

»Hey. Vorsicht, ich –«

Wieder stupst sie mich, diesmal noch fester. Es tut richtig weh. Der Herr der Pferde sollte seinen Geschöpfen Manieren beibringen! Gerade will ich sie wegstoßen, da gleitet ein Schatten über den Garten. Wusch. Zuerst denke ich, es ist eine Wolke, die der Sonne in die Quere gekommen ist. Aber er flattert. Er hat Flügel wie ein Flugzeug, nur dass sie auf- und abschwingen.

Furchtsam hebe ich den Kopf zum Himmel. Der Schatten ist vorbeigezogen, doch Foxfire und ich wissen, was es war.

23. Kapitel

Das Schwarze Pferd.

Schwer atmend wende ich mich Foxfire zu. »Du wolltest mich warnen, nicht wahr?«

Wieder gibt sie mir einen Nasenstüber und schiebt mich Richtung Efeumauer. Sie ist ein kluges Pferd. Sie weiß, dass das der Weg ist, auf dem ich mich in Sicherheit bringen kann - aber ich schüttle den Kopf.

»Ich lasse dich nicht allein.« Ich ziehe sie näher zur Mauer und hebe einen Zipfel des Altartuchs hoch, so dass es uns beide bedeckt. Ich weiß, dass das Schwarze Pferd uns am Tag nicht sehen kann, nur wittern. Dem Altartuch haftet noch der Geruch von Weihrauch an, und wenn wir Glück haben, kann er den unseren überdecken. Ich schlinge die Arme um Foxfires Hals und schließe die Augen. Unser warmer Atem mischt sich unter dem Zelt aus Altartuch.

Ist er da? Fliegt er jetzt gerade über uns hinweg?

Doch dann höre ich Schritte auf der anderen Seite der Gartenmauer. Vielleicht ist es Thomas, der durch dürres Laub läuft. Aber nein, Thomas hat heute seinen freien Tag und geht im Anschluss an den Gottesdienst nach Wick.

»Bog?«, flüstere ich verzweifelt. »Bist du das?«

Keine Antwort.

Dann: *Klonk, klonk.*

Mein Herz ist wie Donner; ein, zwei, drei Schläge. Es ist das Schwarze Pferd! Er ist gelandet! Ich hätte nicht gedacht, dass er am helllichten Tag Jagd auf uns macht. Ich dachte, mir bliebe noch Zeit - letzte Nacht war der Mond nicht einmal halb voll. Foxfire presst ihr Kinn an meine Schulter und bietet mir mit Brust und Hals Schutz. Unter ihrem warmen Fell schlägt ihr Herz genauso schnell wie meines.

»Pssst«, flüstere ich.

Auf der anderen Seite der Gartenmauer schnaubt ein Pferd. Leise und tückisch. Es versucht, einzelne Gerüche aufzuspüren. Den Geruch nach Stute, nach Apfel, nach Schnee. Kann er Foxfires Verletzung riechen?

Klonk.

Klonk.

Jetzt ist er am Tor.

Das Tor!

Es ist einen Spaltbreit offen. Bog muss es mit der Schnauze aufgestoßen haben, als er hinter dem Kaninchen her war.

Ich krieche unter dem Altartuch hervor und versuche, vor dem Schwarzen Pferd dort zu sein. Meine Füße wirbeln Schnee auf, als ich mich dagegen werfe. So leise wie möglich schiebe ich die Weidenrute durch die Metallbeschläge des Tors, damit es geschlossen bleibt. Dann stehe ich so starr wie das Tor selbst und schließe die Augen.

Hat er mich gehört? Weiß er, dass ich da bin?

Er könnte über das Tor fliegen, aber er tut es nicht. Vielleicht stellt er seiner Beute nach, wie Füchse es tun. Auf den Lichtstrahl, der durch den Spalt dringt, fällt ein Schatten. Wieder höre ich Schritte, dasselbe leise, forschende Schnauben. Ich zwinge mich hinzusehen und kann durch den Spalt etwas Dunkles ausmachen. Ein Schweif. Er ist schwarz, das Haar verheddert wie der Efeu, der uns umgibt.

Dann plötzlich erschüttert ein Tritt das Tor. Mit einem Aufschrei werfe ich mich dagegen. Foxfire späht wiehernd unter dem Tuch hervor. Die Türflügel geben nach. Gleich wird er da sein!

»Geh weg!«, schreie ich. »Sie ist nicht da. Ich bin es, die du riechst. Es ist der Apfel in meinem Atem. Der Schnee auf meinem Kleid. Du riechst meine Krankheit, nicht ihre, also verschwinde!«

Ein Knurren durchschneidet die Luft. Wütendes Gebell kommt von der anderen Seite des Tors. Bog! Aber was kann ein Border Collie gegen ein geflügeltes Monster ausrichten?

Und dann macht es *wusch*; ein Windstoß, so stark, dass ich zurückgestoßen werde, fährt durch die Ritze im Tor. Der Schatten erhebt sich in die Wolken. Die Luft erbebt wie von Donner.

Ich stoße das Tor auf.

»Bog!«

Ich fürchte, am Boden einen verletzten kleinen Körper zu finden, zerfetzt wie der Vogel, den die Nachbarkatze erwischt hat. Aber da schießt ein schwarzweißer Blitz unter einer Bank hervor, und Bog kommt schwanzwedelnd angetrottet. Ich schließe das Tor hinter ihm und verriegle es mit der Weidenrute. Dann falle ich auf die Knie und ziehe ihn zu mir heran. Er ist wie immer: Fell, Knochen und eine große, feuchte Nase.

»Danke«, flüstere ich seinen großen dunklen Augen zu, und er leckt mir die Nase. Foxfire lugt unter dem Tuch hervor, die Ohren auf Bog und mich gerichtet. Ich gehe zu ihr, ziehe ihr das Tuch vom Kopf und streichle ihre Wange. Sie scheut nicht zurück. Sie breitet ihren linken Flügel aus und schlägt damit, bis ich an ihre Seite komme und sie den Flügel über mich legen kann.

»Auch dir danke«, sage ich. »Ich habe versprochen, dich zu beschützen, aber du warst es, die mich beschützt hat. Du hast mich vor ihm gewarnt.«

Sie schüttelt die Mähne, als stimmte sie mir zu.

Ich lege ihr die Hand auf den Widerrist. »Du und ich, wir passen aufeinander auf. Aber ich werde ein bisschen mehr auf dich aufpassen, weil ich dein Mensch bin, und du immer mein ganz besonderes Pferd sein wirst.«

Ich blicke zum Himmel auf.

Für heute ist Foxfire sicher.

24. Kapitel

Als ich ins Haus zurückkehre, steht Dr. Turners Wagen davor.

Das ist seltsam - normalerweise ist er ordentlich neben der Scheune geparkt, aber heute hat er ihn in einem ungewöhnlichen Winkel abgestellt. Als ich durch die Glastür der Bibliothek einsteige, spüre ich Unruhe im Haus; das ist ungewöhnlich, denn Sonntagnachmittage sind eigentlich ruhig. Sonntagnachmittage bedeuten trocken Brot und stilles Lesen.

Oben schlägt eine Tür, und jemand beginnt zu husten.

Unbemerkt will ich mich auf den Dachboden schleichen, doch dann überkommt mich ein sonderbares Gefühl. Hier stimmt etwas nicht. Jemand macht sich lautstark unten in der Küche zu schaffen. Schwester Constance? Aber die hilft an Sonntagnachmittagen dem Pfarrer von Wick bei der letzten Ölung von Stadtbewohnern, die an Krankheit oder Alter sterben. Dann höre ich rasche Schritte und kann mich gerade noch in den Wäscheschrank retten, bevor beide Schwestern durch die Diele marschieren.

»Vor einer Stunde hat es angefangen«, sagt Schwester Mary Grace. »Sie hat hohes Fieber.«

Ich spähe durch das Schlüsselloch des Wäscheschranks. Schwester Constance trägt einen dampfenden Kupferkessel, die Henkel sind mit einem Handtuch umwickelt. Sie öffnen Annas Tür. Die rote Karte flattert im Luftzug, trudelt dann langsam wie eine Feder zu Boden und bleibt in der Mitte der Diele liegen.

Ich schließe die Augen.

Ich möchte mir einreden, dass ich mich getäuscht habe. Dass es nicht Annas Zimmer war, sondern das von Benny oder jemand anderem. Aber als ich die Augen wieder aufmache, steht Annas Tür immer noch offen.

Ich klettere aus dem Schrank und gehe mit schweren Schritten zur Tür. *Klonk, klonk*, wie das Hufgeklapper eines Pferdes, nur dass meine Stiefel auf dem Parkett weniger Lärm machen. Dr. Turners Stimme dringt durch den Türspalt. Er gibt Schwester Constance Anweisungen. Wieder Husten, aber er kann unmöglich von Anna kommen. Annas Husten ist leise und damenhaft, selbst wenn sie sich dabei krümmt. Das hier klingt, als würde die Seele entzweigerissen.

»Emmaline.« Das scharfe Wispern kommt von der Treppe. Benny reckt mir sein verstörtes Gesicht entgegen, ein Schatten liegt über seinen Augen. »Geh in dein Zimmer.«

»Du hast mir gar nichts zu sagen«, erwidere ich. Er tut so, als wäre Anna ihm genauso nahe wie mir, nur weil sie freundlich zu ihm ist, aber er kann ihr unmöglich so viel bedeuten wie ich. Anna und ich, wir sind wie Schwestern.

Durch den Türspalt sehe ich Dr. Turners weißen Kittel. Schwester Mary Grace taucht Tücher in den dampfenden Kessel. Wieder hustet jemand so grässlich, dass ich zusammenfahre.

Ich stoße die Tür ein paar kaum merkliche Zentimeter auf. Dr. Turner tritt zur Seite, um sein Stethoskop zu holen, endlich habe ich freien Blick. Es ist Anna. Ihr Nachthemd, ihre hellbraunen Locken wie die von Marjorie, alles ist von Schweiß durchtränkt. Doch ihrem Gesicht fehlt etwas. Die Augen haben ihren Glanz verloren.

Die Laken sind voller Blut.

»Das Morphium, Schwester«, sagt Dr. Turner. Sie reicht ihm die Spritze, und er sticht sie in ein Stück bloße Haut. Dann drückt er sein Stethoskop an ihre Brust.

»Es ist zu spät. Die Lungen sind kollabiert«, sagt er.

Schwester Mary Grace bekreuzigt sich.

Von hier aus kann ich den Spiegel auf Annas Kommode sehen. Im Spiegelbild ihres Fensters erkenne ich geflügelte Pferde. Sie pressen ihre Mäuler gegen die Scheibe. Sie schauen zu. Sie warten.

Ich drücke die Tür weiter auf, und Dr. Turner merkt es. Er sieht mein Abbild im Spiegel und fährt herum. Auch die Schwestern blicken auf.

»Emmaline! Du hast hier nichts zu suchen!«, sagt Schwester Constance.

Ich klammere mich an den Türknauf. »Was ist los mit Anna?«

Schwester Constance kommt auf mich zu. »In dein Zimmer, junge Dame.«

Als sie mich packen will, ducke ich mich unter ihren Armen durch und bin mit einem Satz an Annas Bett. Obwohl es einst das Schlafgemach einer Prinzessin war, ist das Zimmer nicht groß. Ich bekomme einen Bettpfosten zu fassen und springe hinein, ehe mich jemand daran hindern kann.

»Anna!«, rufe ich.

Ich habe ihr Gesicht noch nie so blass gesehen. Sie streckt mir einen Arm entgegen, der mehr Knochen als Mädchen ist, und wuschelt meine Haare.

»Emmaline.«

Ihre Stimme ist so schwach, dass sie beim Aussprechen meines Namens bricht. Ein Schluchzen dringt aus ihrer Kehle, und ich rücke so dicht heran, dass ich sie umarmen kann. »Anna, das wird wieder. Du wirst gesund werden.«

Sie fühlt sich warm an. Zu warm. Etwas in ihr geht viel zu rasch, verbrennt alles, was sie hat.

»Es tut mir so leid Em, dass ich deine geflügelten Pferde nicht gesehen habe. Ich wollte es so gern. Immer wieder habe ich in den Spiegel geschaut. Wirklich. Aber da war nichts ...«

Sie presst ihre Wange an meine.

Sie ist Feuer. Sie ist Leben. Sie ist Krankheit.

Zwei Hände fassen mich unter den Armen. Mit eisernem Griff zieht Schwester Constance mich weg. »Emmaline, du kannst hier nicht bleiben!«

Ich will mich von Schwester Constance losreißen. Die Ärmel ihrer schwarzen Tracht sind hochgerollt, und meine Fingernägel ritzen ihren nackten Arm. »Lass mich los!«

Aber sie lässt nicht locker. Sie schiebt mich durch die Tür nach draußen. Ich versuche, an ihr vorbeizukommen, aber Schwester Mary Grace schlägt mir die Tür vor der Nase zu und schließt ab. Ich kratze am Holz. Trommle dagegen. Tränen rinnen über meine Wangen, mein Mittelfinger ist blutig vor lauter Kratzen.

»Anna!«, schreie ich. »Schau weiter in den Spiegel! Es gibt sie! Sie sind da! Siehst du sie?«

Es kommt keine Antwort. Nur mehr Husten. Und Dr. Turners leise Stimme.

»Anna! Siehst du sie denn nicht?«

Nichts.

Ich trete gegen die Tür. Ich schaue durchs Schlüsselloch, aber der Schlüssel nimmt mir die Sicht. Sie müssen mein Klopfen hören. Sie dürfen mich doch nicht einfach aussperren. Wie können sie mich von ihr wegreißen, wo sie doch meine einzige Freundin ist? Die Einzige, die ihre Stifte mit mir teilt, die mir Geschichten von schwebenden Göttern erzählt und deren Bauch genauso gurgelt wie der von Mama.

»Hör auf damit!« Benny packt mich am Handgelenk. Er trägt einen Pullover in schmutzigem Rot, der zu seinen schmutzig-roten Haaren passt, und ich hasse ihn, ich hasse ihn, ich hasse ihn. »Benimm dich nicht so kindisch.«

»Sie wollen mich nicht zu ihr lassen!«

»Dr. Turner kann ihr seine Medizin nicht geben, wenn du in ihrem Bett herumkriechst und im Weg bist. Du denkst nur an dich. Du bist ein egoistisches kleines Biest. Es wird Zeit, dass du erwachsen wirst.«

Vor meinen Augen flirren wütende rote Punkte. Ich entwinde mich Bennys Griff und stoße ihn zurück, so fest ich kann. Krachend landet er auf dem Boden.

»Ich hasse dich!«

Ich renne durch die Diele. Die Wandspiegel flirren vorbei. Aus jedem starren mich geflügelte Pferde an. Ihre Köpfe folgen mir durch die Diele. Noch nie habe ich so viele auf einmal gesehen. Sie sind überall.

Und doch ist die Diele leer.

Ich renne durch die Küche zur Hintertür. Dann kann ich den Husten nicht mehr aufhalten. Er mischt sich mit Schluchzern, und ich fühle mich plötzlich ganz schwach. Thomas sitzt mit Bog auf der Treppe. Als sie mich hören, springen sie auf.

»Emmaline.« Thomas blinzelt, weil ich so unerwartet aufgetaucht bin. Er schluckt hart. »Ich habe Dr. Turners Wagen gehört. Ist es ... wegen Anna?« Er wischt sich die Hand an der Hose ab.

Was soll ich sagen?

Wie kann ich ihm erzählen, was passiert ist, wo ich es doch selber nicht weiß?

Ich lasse mich auf die oberste Stufe sinken. Ich bekomme kaum Luft.

Und dann fegt ein Schatten über uns hinweg. Er kräuselt sich wie Wasser, er hat die Form eines Flugzeugs, nur dass seine Flügel sich bewegen. Sie flattern auf und ab. Donner hallt durch die Luft. Thomas legt den Kopf in den Nacken und blinzelt zum Himmel hinauf, mich packt eine böse Vorahnung.

»Was ist das?«, fragt er.

Die Erscheinung hat sich auf die andere Seite der Bäume zurückgezogen. Sie ist nur noch ein Schatten, aber ich weiß, was es war. Oh, ja, ich weiß es. Ein Wesen, das mit dem Geruchssinn jagt. Ein Wesen, von dem ich hoffte, es würde uns in Ruhe lassen, zumindest für heute. Ein Wesen auf dem Weg in den Sonnenuhrgarten.

25. Kapitel

»O nein, er ist zurück!«

Thomas ruft mir nach, aber ich renne schon zum Garten und antworte nicht. Winterkälte zwickt mich durch die Kleider hindurch, Dornenranken zerkratzen mir beim Klettern die Haut. Foxfire tänzelt an der Mauer entlang, trabt auf engem Raum hin und her. Auch sie hat den Schatten des Schwarzen Pferds bemerkt, und ich bin mir sicher, dass sie dasselbe denkt: Das vorhin war nur eine Finte. Er hatte niemals vor, uns in Ruhe zu lassen!

»Komm!«, rufe ich Foxfire zu. Ich ziehe den Stock heraus, der das Tor geschlossen hält. Mein Mittelfinger hinterlässt überall Blutspuren, aber das ist mir egal. Dann drehe ich mich zu ihr um. Auch wenn sie nicht fliegen kann, rennen kann sie noch.

»Du musst hier weg! Lauf, so schnell du kannst!«

Sie bäumt sich auf, scharrt mit den Vorderhufen in der Luft. Sie weiß nicht, wohin. Das ist meine Welt, nicht ihre. Ich versuche, sie in Richtung Tor zu schieben. Dahinter liegen die Felder, in Frost erstarrt. Foxfire hat dieselbe Farbe wie der Raureif. Vielleicht kann das Schwarze Pferd sie mit seinen schwachen Augen dort nicht erkennen.

»Lauf!«

Sie wirft den Kopf, schüttelt meine Hand ab. Sie wendet sich in Richtung Tor und hält inne. Schnaubt. Schaut mich an.

Ich weiß, dass Pferde nicht sprechen können. Nicht einmal Zauberpferde. Aber ein Blick in ihre Augen verrät mir, was sie sagen will. Der Druck in meiner Brust lässt nach. Ich finde die Kraft, mich am Efeu hochzuziehen. Ich fühle keinen Schmerz. Von oben gelingt es mir, eine Hand auf ihre Schulter zu legen. Sie scheut nicht. Schnaubt keinen Protest. Ich versuche, mich auf ihren Rücken zu schieben, ohne den verletzten Flügel zu berühren. Dann schlinge ich die Beine um ihren Körper.

Meine Finger krallen sich in ihre Mähne.

So bin ich noch nie geritten. Ohne Sattel. Ohne Zügel. Einen Flügel zu jeder Seite.

»Lauf!«

Sie prescht durch das Tor. Unter meinen Beinen spüre ich das Spiel ihrer Muskeln, die quecksilbrigen Hufe trommeln auf den Boden. Vor Aufregung verschlägt es mir fast den Atem. Die Felder sausen unter uns vorbei, und ich stemme mich gegen den bitterkalten Wind. Wenn sie schon so schnell laufen kann, wie schnell kann sie dann erst fliegen? Bestimmt könnte sie den Deutschen davonfliegen, wenn sie wollte. Auf jeden Fall aber einem Schwarzen Pferd.

Ich halte mich an der Mähne fest und werfe einen Blick über die Schulter. Wir drängen vorwärts, vorwärts, vorwärts, und das Krankenhaus bleibt hinter uns zurück, als wir den Hügel hinab in die leeren Felder stürmen. Ich habe das Krankenhaus noch nie aus der Ferne gesehen. Es sieht so großartig aus. Sämtliche Fenster sind erleuchtet. Die beiden Eichen auf dem Rasen davor bewachen es wie zwei Riesen.

Ein dunkler Schatten taucht neben uns auf, holt uns beinahe ein.

»Schneller, schneller!«

Und Foxfire legt noch an Tempo zu. Läuft schneller. Schneller, als ich es einem Pferd je zugetraut hätte. Automatisch presse ich die Schenkel fester an ihren Leib. Lehne mich weiter vor. Der Wind fährt durch mich hindurch, aber ich merke es nicht. Ich höre Annas Husten nicht mehr, habe den Druck von Bennys magerer Hand abgeschüttelt. Da ist nur der Wind und Foxfire und ich. Wir sind eins.

»Lass nicht nach!«

Meine Tränen fließen jetzt ungehemmt. Der Wind lässt sie gefrieren, bevor sie fallen. Ich schlinge die Arme um Foxfires Hals, möchte sie nie wieder loslassen. Wir erreichen das Ende des Felds, und sie biegt scharf nach links ab zu den Weiden am Flussufer. Ihr Tempo verlangsamt sich, aber nur ein bisschen. Erst nachdem wir das Feld drei Mal umrundet haben, merke ich, dass ich den schwarzen Schatten schon eine Weile nicht mehr gesehen habe.

Sie fällt in einen Trott, der mich auf den harten Knochen ihres Rückens hüpfen lässt. Der graue Himmel ist leer. Nur ein paar Wolken, kein Schwarzes Pferd.

Wir sind ihm entkommen - wahrhaftig entkommen - für einen weiteren Tag.

Foxfire geht jetzt im Schritt, und ich drücke meinen linken Schenkel in ihre Seite. Sie ist ein Wildpferd und kennt die Signale nicht, trotzdem scheint sie zu verstehen. Sie macht auf der Hinterhand kehrt und trabt zum offenen Tor des Parks zurück.

Als wir am Springbrunnen und der verwitterten Sonnenuhr sind, rutsche ich von ihrem Rücken. Ich nehme die Mauer des Bassins zu Hilfe und springe von dort auf den Boden.

Sie beugt sich zu mir herunter, und ich lege die Hände an beide Seiten ihres Kopfes, berühre mit der Stirn die Blesse in Form einer Flamme zwischen ihren Augen.

»Ich lasse ihn nicht an dich heran. Ich habe ein Versprechen gegeben und werde es halten.«

Foxfire wirft den Kopf. Sie ist noch ganz außer Atem und trinkt lange aus dem Bassin.

Morgen werde ich die restlichen Farben finden.

Etwas Blaues.

Etwas Orangefarbenes.

Ich werde etwas finden, um das Schwarze Pferd von diesem geschützten Ort fernzuhalten.

Ich stapfe zurück zum Krankenhaus, meine Füße fühlen sich taub an, aber mein Herz ist voller Leben.

Alle Fenster sind erleuchtet. Thomas sitzt nicht mehr auf den Stufen. Auch von Bog keine Spur. Als ich die Küchentür aufstoße sitzt niemand am Tisch, obwohl die Uhr anzeigt, dass längst Abendbrotzeit ist.

Ich halte die Hände über den Herd, bis ich sie wieder spüre, dann hole ich eines der großen Handtücher aus dem Wäscheschrank, in das ich mich ganz einwickeln kann. Jetzt, wo das Gefühl in meinen Körper zurückgekehrt ist, beginne ich zu zittern. Ein Schaudern, das bis auf die Knochen geht. Meine Beine sind so schwach, dass sie mich kaum noch tragen. Jeder Schritt die Treppe hinauf schmerzt. Ich wische meine tropfende Nase.

Die Diele ist voller Kinder, alle sitzen ganz still da. Offenbar tun sie das schon länger. Jack blickt auf. Auch Benny blickt auf. Er weint.

Die Tür zu Annas Zimmer geht auf, und Schwester Mary Grace steht da. Sie lässt die Schultern hängen, was zu einer so jungen Frau eigentlich nicht passt. Die Ärmel ihrer Tracht sind zurückgeschoben, sie trocknet sich die Hände an einem Handtuch ab.

Ihre Augen sind rot.

»Oh, Emmaline«, sagt sie leise, als sie mich sieht.

Und ich weiß. Ich weiß es. Sie muss es nicht erst sagen. Sie soll es nicht sagen. Ich möchte diesen Moment festhalten. Den Moment, in dem ich Foxfire gerettet habe, wenigstens für einen Tag, und den Moment, in dem Anna noch lebt. Morgen werde ich ihr ein Bild malen, und sie wird mir eine Geschichte von den schwebenden Göttern an der Decke erzählen.

»Emmaline, es tut mir so leid.«

Die Pferde im Spiegel sind verschwunden. Ich weiß nicht, wann sie gegangen sind und wohin.

Als sie in die Diele hinaustritt, stößt Schwester Mary Grace die Tür weiter auf, und ich kann Thomas auf einem Stuhl an Annas Bett sitzen sehen.

Er schaut zu mir herüber.

Und dann weckt etwas in einem der Wandspiegel seine Aufmerksamkeit. Ich folge seinem Blick. Da ist ein geflügeltes Pferd. Ein geflügeltes Pferd, das wir beide sehen. Es senkt den edlen braunen Kopf und entfaltet die braunen Schwingen.

Tief in meiner Brust fühle ich das Stillwasser steigen.

»Anna ist gegangen«, sagt Schwester Mary Grace.

26. Kapitel

Schafe sind so tröstlich.

Sie sind nicht nur weich und warm (und manchmal ein bisschen schmutzig). Es ist auch nicht ihr Blöken oder die Art, wie die Lämmer übereinanderpurzeln. Es ist nicht ihr Schafsgeruch, den die anderen Kinder nicht mögen, der mir aber nichts ausmacht. Es sind auch nicht ihre rosa Zungen. Es liegt daran, dass man kein Wort zu sagen braucht und sich trotzdem nicht allein fühlt.

Das Scheunentor geht auf.

Thomas kommt herein; er wischt sich die Nase wegen der Kälte und nimmt die Schaufel von ihrem Haken an der Wand. Die Schafe blöken nach Futter. Als er mich in ihrer Mitte sitzen sieht, bleibt er stehen.

»Bist du hier eingeschlafen?«

Ich nicke.

»Ein Priester ist gekommen, und Annas Familie. Du wirst den Trauergottesdienst verpassen.«

In der Hand halte ich einen kleinen Kasten, er ist in Zeitungspapier verpackt und mit einer Kordel verschnürt. Schwester Mary Grace hat ihn mir gegeben. »Ich weiß.«

Er erwidert nichts. Früher hat mich Thomas' schweigsame Art verunsichert, jetzt bin ich dankbar dafür. Ich bin das Gerede von Schwester Constance und Schwester Mary Grace und Dr. Turner und den anderen Kindern leid. Ich will einfach nur bei den Schafen sein. Allein und doch nicht allein.

Etwas Hässliches rührt sich in meiner Brust, ich huste ins Stroh und wische mir den Mund ab. Mein Gesicht fühlt sich warm an. Zu warm. Ich brenne.

»Das Altartuch ...«, beginnt er zögerlich. »Ich wollte dir nur sagen, dass Schwester Constance sich für das schwarze entschieden hat, wegen der Trauer um Anna. Sie werden es mindestens eine Woche liegen lassen. Vielleicht sogar länger.« Er beugt sich zu Bog hinunter und richtet sein Ohr, das immer umklappt, wieder auf.

Die Art, wie er meinen Blick meidet, sagt mir, dass er von meinem Diebstahl weiß. Er muss beobachtet haben, wie ich es, halb unter dem Mantel verborgen, in den Sonnenuhrgarten brachte. Und jetzt will er mir sagen, dass ich unentdeckt bleiben werde, zumindest für heute.

Wieder einmal hat Anna mir geholfen. Ich freue mich für Foxfire, aber ich würde lieber ein Jahr lang jeden Tag von Schwester Constance erwischt und bestraft werden, wenn ich dafür Anna zurückbekäme.

Ich nicke.

Thomas tippt an seine Kappe und geht.

Ich weiß, dass in der Kapelle der Trauergottesdienst für

Anna stattfindet. In den sechs Monaten, die ich jetzt hier bin, ist noch ein weiteres Kind gestorben, ein Junge, der schwerkrank mitten in der Nacht eingeliefert wurde und tags darauf bereits tot war. Sein Gottesdienst war kurz und knapp, so wird es auch bei Anna sein. Schwester Constance ist eine praktische Frau. Es gibt Rechnungen zu bezahlen. Lebende Kinder zu verpflegen. Ein tropfender Wasserhahn muss repariert werden.

Ein Schaf stößt einen langen Schafsseufzer aus und legt sein Kinn auf mein Bein. Ich kraule seinen knochigen Kopf, seine Augen sind halb geschlossen. Mit dem anderen Daumen fahre ich über die Kordel des Päckchens, die zu einer ordentlichen kleinen Schleife gebunden ist.

Schwester Mary Grace ist gestern nach dem Abendessen extra in meine Dachkammer heraufgekommen. Sie brachte mir einen staubigen, alten Schokoriegel auf einem Tablett - keine Ahnung, wo sie den versteckt hatte - und dieses Päckchen.

»Bis Weihnachten ist es noch eine Weile hin«, sagte sie. »Aber ich möchte, dass du das jetzt schon bekommst. Anna wollte es so. Manchmal sterben Menschen, wenn sie zu krank sind, und wir können nichts dagegen tun. Wir müssen sie zu ihrem Schöpfer zurückkehren lassen.«

In der Scheune fahre ich mit dem Daumen an den Kanten des Päckchens entlang, es ist schon ganz abgegriffen, weil ich es den ganzen Morgen mit mir herumtrage, mich aber nicht traue, es auszupacken. Ich kenne die Form. Ich kenne die Größe. Ich weiß genau, was zum Vorschein kommt, wenn ich die Kordel löse und das Papier entferne.

Draußen läutet die Glocke. Bald wird Thomas mit der Schaufel zurückkommen, Erdklumpen vom Südhang an den Stiefeln.

Ich löse die braune Kordel und öffne das braune Papier. Darunter liegen alle Farben des Regenbogens. Ich klappe den Kasten auf und atme den Geruch nach Holz und Farbe ein.

Das kleine Schaf mit dem Kopf auf meinem Bein beginnt zu schnarchen. Ich rolle mich neben ihm zusammen, Annas Buntstiftkasten im Arm.

27. Kapitel

Tagelang gehe ich nicht zu Foxfire. Ich kann einfach nicht. Ich bin so traurig wegen Anna, dass meine Glieder den Dienst versagen. Ich bin so traurig und wütend auf Gott, dass ich mich nur verkriechen und weinen mag. Schwester Mary Grace runzelt die Stirn, wenn sie meine Temperatur misst; sie hat Nachsicht mit mir, ich brauche nicht in den Unterricht zu gehen, sondern kann still in meinem Zimmer malen. Doch dann wirft ein anschwellender Halbmond sein gefährliches Licht durch mein Dachfenster.

Da weiß ich: Ich muss jetzt stark sein, für Foxfire. Der Herr der Pferde zählt auf mich.

Ich warte, bis Schwester Constance in ihrem Büro ist, und die anderen Kinder über ihren Briefen nach Hause brüten. Dann schleiche ich mich zur Verandatür der Bibliothek. Man wird mich nicht vermissen. Alle denken, ich bin auf dem Dachboden.

Meine Beine sind so schwach, dass mir der Weg in den Sonnenuhrgarten länger vorkommt als sonst. Das Klettern über die Mauer ist wie eine Bergbesteigung. Aber dann lasse ich mich auf der anderen Seite herunter, und da ist Foxfire.

Sie blickt auf.

Wie ich sie vermisst habe.

Ich habe ihren Apfelduft vergessen. Ich habe ihr seidiges Fell vergessen. Ich habe vergessen, wie lebendig ich mich fühle, wenn sie mich mit ihren sanften dunklen Augen ansieht. Mit einem kleinen Nicken sagt sie mir, dass auch sie mich vermisst hat.

Sonderbarerweise ist kein Brief vom Herrn der Pferde da. Es sind schließlich schon Tage vergangen, seit ich zuletzt hier war. Ich hatte einen ganzen Stapel Briefe erwartet, zumal es bis zum Vollmond nur noch eine Woche ist. Aber da ist nichts.

Ein ungutes Gefühl lässt meine Hand zittern, ich schreibe dennoch eine Botschaft auf das Stück Papier, das ich mitgebracht habe, und stecke es unter den Zeiger der Sonnenuhr:

Lieber Herr der Pferde,

warum haben Sie mir nicht geschrieben? Geht es Ihnen gut? Ich weiß nicht, ob Sie das bereits wissen, aber das Schwarze Pferd hat versucht uns anzugreifen. Es ist so tückisch und gemein, dass ich es aus ganzem Herzen hasse! Doch Foxfire ist in Sicherheit und ich umgebe sie mit all den farbigen Gegenständen, die ich gefunden habe. Hoffentlich reicht das aus. Manchmal sterben

Pferde, wenn sie zu krank sind. Ich will nicht, dass sie stirbt. Bitte sagen Sie mir, was ich tun soll.

Hochachtungsvoll,
Ihre Emmaline May

Und dann ist Heiligabend. Ich weiß nicht, wie es ohne Anna Weihnachten werden kann, aber es wird, und Schwester Mary Grace sagt, dass ich nicht länger für mich bleiben soll.

Unsere Familien dürfen uns nicht besuchen, aber Mr Mason von der Farm nebenan kommt am Nachmittag, als die Schatten länger werden, mit einem Christbaum vorbei. Er hat ihn mit seinem Eselskarren gebracht und diskutiert jetzt vor dem Haus mit den Schwestern, die sich in der Kälte die bloßen Hände reiben. Wir alle pressen die Gesichter an die Scheibe und schauen zu.

»Bisher hatten wir noch nie einen Baum«, sagt Peter. Er und Jack sind jetzt am längsten hier und haben schon zwei Weihnachten im Krankenhaus verbracht. »Schwester Constance sagt, dass Weihnachten mit der Geburt Christi zu tun hat, und nicht mit der vom heiligen Nikolaus.«

»Letztes Jahr haben die Amerikaner Geschenke geschickt«, sagt Jack versonnen, die Nase ans Glas gepresst. »So viele, dass die ganze Kapelle voll war. Aber die Schwestern haben gesagt, jeder kriegt nur eins. Ich habe meine Lokomotive bekommen. Und jetzt ist sie weg.« Er verstummt, ich muss mich abwenden und kann nur hoffen, dass niemand meine glühenden Wangen bemerkt.

Nach einer weiteren hitzigen Debatte und dem kläglichen Geschrei des frierenden Esels wirft Schwester Constance resigniert die Arme in die Luft. Der Bauer lädt sich grinsend den Baum auf die Schulter.

Die anderen Kinder jubeln.

Ich stehe daneben und sehe zu, wie der Schnee fällt. Es fühlt sich nicht richtig an. Weil Anna nicht da ist. Und nun hat mich auch der Herr der Pferde im Stich gelassen.

Da wird der Baum durch die Eingangstür und geradewegs in die Bibliothek gebracht. Er füllt den Raum mit Waldduft und hinterlässt eine Spur aus Harz und Nadeln. »Benny, hol Thomas«, trägt Schwester Mary Grace ihm auf. »Er soll einen Eimer und ein paar Schrauben mitbringen.«

Benny saust durch die Diele davon.

»Emmaline, bring einen Topf Wasser.«

Ich reibe mir die Augen, jede Bewegung fällt mir schwer. Doch dann fesselt etwas meine Aufmerksamkeit, ein farbiges Aufblitzen: ein zerknülltes, altes Taschentuch, mit dem Mr Mason sich das Harz von den Fingern wischt. Eigentlich will er es in seine Tasche stopfen, aber dann betrachtet er stirnrunzelnd die Harzflecken und wirft es stattdessen in unseren Abfalleimer. Mein Herz beginnt heftig zu schlagen, so heftig wie seit Annas Tod nicht mehr. Der

Stoff ist schon ein bisschen ausgefranst, aber die Farbe ist unverkennbar. 868-LAPISLAZULI-BLAU.

Schwester Mary Grace sieht mich prüfend an, als wollte sie gleich wieder meine Temperatur messen.

Trotz meiner weichen Knie zwinge ich mich aufzustehen. »Ja, Schwester. Ich hole Wasser.« Ich mache mich in die Küche auf, bin aber schon nach wenigen Schritten erschöpft. Ich stelle den Kupferkessel unter den Wasserhahn. Während ich warte, bis er voll ist, betrachte ich darin mein Spiegelbild: eingesunkene Augen, bleiche Wangen. Hinter mir stehen zwei geflügelte Pferde mit ausgebreiteten Schwingen, ganz so, als wollten sie mich vor Regen schützen, obwohl es hier drin natürlich nicht regnet.

Ich trage den Topf in die Bibliothek und stelle mich neben Mr Mason. So wie er und Thomas fachsimpeln, bis der Baum endlich gerade in seinem Eimer steht, könnte man meinen, sie tüfteln ein Kriegsgerät aus. Ich bleibe in der Nähe und tue so, als würde ich ihnen zusehen. Dabei beuge ich mich vorsichtig hinunter und ziehe das Taschentuch aus dem Abfalleimer. Als ich es in meinen Stiefel stecke, muss ich husten.

Er wird es bestimmt nicht vermissen. Für ihn ist es nur ein altes, zerschlissenes Taschentuch, das er weggeworfen hat. Für mich - und für Foxfire - bedeutet es Hoffnung.

Die Arbeit ist getan, auch wenn sich der Baum oben noch ein wenig zur Seite neigt. Mr Mason ermahnt uns, ihn jeden Tag zu gießen. Und wir sollen vorsichtig sein, wenn wir die Kerzen befestigen, damit er nicht Feuer fängt.

»Und vergesst nicht, ein paar Kekse für den heiligen Nick drunterzulegen«, sagt er mit verschmitztem Lächeln.

Schwester Constances Züge verhärten sich.

Wir beobachten durchs Fenster, wie er die Laterne an seinem Karren anzündet und den armen, halb erfrorenen Esel nach Hause führt.

»Lasst uns Weihnachtsbaumschmuck basteln!«, quiekt Kitty. »Und wir können eine Paste aus Lauge machen. Das sieht am Baum aus wie richtiger Schnee.«

Begeistert springen die Kinder auf. Sie durchforsten die Stoffreste und Bänder, die Schwester Mary Grace aus ihrem Nähkasten beisteuert. Andere zerren staubige Kisten vom Speicher. In einer findet Arthur metallisch glänzende rote Baumkugeln, die er staunend bewundert. Zwei der drei kleinen Mäuschen rennen hinaus und sammeln Kiefernzapfen, und Schwester Constance besteht ausnahmsweise mal nicht auf ihrer Regel Nicht-weiter-als-bis-zur-Küchenterrasse.

Ich starre ihnen durch die offene Tür nach und überlege, wann wohl die Gelegenheit günstig ist, um in den Garten zu schleichen und das Taschentuch zu befestigen. Thomas muss sich auch irgendwann davongemacht haben. Wahrscheinlich ist er in der Scheune bei Bog und den Schafen. Ich frage mich, ob auch er es schätzt, allein, aber nicht einsam zu sein.

Susan hält eine Girlande aus weißem Papier hoch. »Wie langweilig.« Plötzlich fährt sie zu mir herum. »Hol die Farbstifte, die Anna dir gegeben hat! Wir können sie grün und rot anmalen!«

Auch die anderen Kinder schauen mich erwartungsvoll an, die Finger voller Laugenpaste.

Angst überkommt mich wie ein dunkler Schatten. Die Stifte? Annas Farbstifte? Aber die hat sie doch mir gegeben.

Ich schüttle den Kopf.

Benny wendet sich empört an Schwester Constance. »Sagen Sie ihr, dass sie teilen muss!«

»Anna hat sie ihr geschenkt«, sagt Schwester Constance. »Sie kann damit machen, was sie will. Wenn sie den Weg der Großzügigkeit wählt, wie Anna das häufig tat, dann holt sie jetzt die Farbstifte. Wenn sie aber beschließt, egoistisch zu sein, dann ist das ihre Sache.«

»Aber sie ist so kindisch!« Benny verschränkt die Arme und starrt mich an. Hinter ihm an der Wand hängt ein hölzernes Kruzifix. Wenn die Hände von Jesus nicht festgenagelt wären, würde vermutlich auch er die Arme vor mir verschränken.

Ich starre mit verschränken Armen zurück.

Wenn sie Farben wollen - richtige Farben -, dann suchen sie am falschen Ort.

Benny sieht mich wütend an und greift sich eine Handvoll Laugenpaste.

»Wir alle vermissen sie!«

Er klatscht mir die Paste ins Gesicht.

Mein Mund füllt sich mit dem seifigen Geschmack der Lauge. Ich spucke und huste, und Schwester Constance packt Benny am Ohr.

»So war das nicht gemeint«, ermahnt sie ihn.

»Sie ist ein egoistisches kleines Monster«, faucht Benny, während sein Ohr immer röter wird. »Sie kann doch nicht einfach ... Sie ist nicht die Einzige ...«

Schwester Constance zerrt ihn weg und murmelt etwas von im Zimmer bleiben, bis sein Hirn wieder richtig funktioniert.

Ich betrachte mich in der Fensterscheibe. Die Paste hat meine Haut in eine klumpige Masse verwandelt.

Die anderen unterdrücken ein Kichern.

Ein Monster.

Unter Schwester Mary Graces wachsamem Auge werden sie es nicht laut sagen, aber ich weiß, dass sie es denken.

Thomas ist ein Monster, weil ihm etwas fehlt.

Ich bin ein Monster, weil ich von etwas zu viel habe. Zu viel Schmerz. Zu viel Wut.

Aber es ist mir egal.

Nur Monster scheinen zu wissen, dass es außer unserer noch andere Welten gibt.

28. Kapitel

Seit Tagen ist es mir nicht gelungen, mich aus dem Haus zu schleichen. An den Feiertagen bleiben die Schwestern lange auf, um Karten für die Dorfjungen an der Front zu schreiben, sie sitzen in der Bibliothek neben der Glastür mit der kaputten Verriegelung. Ich hocke allein im Dunkeln unter der Treppe, reibe mir die Augen und warte, dass sie gehen. Endlich kann ich hinaus und das blaue Taschentuch des Bauern am Efeu befestigen. Doch es ist kein neuer Brief vom Herrn der Pferde da, mein letzter liegt noch bei der Sonnenuhr, durchweicht und fleckig; sein Anblick verursacht mir Übelkeit, als hätte ich verdorbenen Schinken gegessen.

Zurück in meiner Dachkammer, kann ich nicht einschlafen.

Der Wind rüttelt am Fenster. Es ist dasselbe trommelnde Geräusch wie damals, als die Pferde aus dem Stall herauswollten. Ich schwitze, obwohl eiskalter Wind durch die Ritzen pfeift. Ganz gleich, wie fest ich mich in die Decke wickle, die Kälte dringt trotzdem durch. Ich rufe nach Papa, dass er Kohlen nachlegt, doch dann kommt die Erinnerung zurück.

Papa ist nicht da.

An dem Tag, als er in den Krieg zog, trugen Mama und Marjorie und ich unsere Sonntagskleider. Marjorie hatte mein Haar gekämmt und mit einer Schleife zurückgebunden. Sie hielt meine Hand, als wir an der Straßenecke standen und der Parade der Soldaten von der Waverly Street bis nach Castle Green zusahen. Wir aßen pralle Kirschen, die Mama für uns gekauft hatte, und deuteten jubelnd auf die Männer, die wir von der Kirche oder der Schule kannten. Und wir kicherten darüber, wie ernsthaft die Bäckerjungen in Uniform aussahen.

Und dann kam Papa. Papa, mit den breiten Schultern eines Arbeitspferds, mit seinem schokoladebraunen Haar, und als er uns entdeckte - ein Moment, den kein anderer bemerkte -, musste er sich ein stolzes Lächeln verkneifen. Erst am Ende des Tages, als sein Stuhl am Abendbrottisch leer blieb, klang das Echo der Fanfaren plötzlich hohl in meinen Ohren.

Ich starre zu den Deckenbalken hinauf. Hier gibt es weder Spinnweben noch Staubmäuse. Eines kann Schwester Mary Grace im Kampf gegen das Stillwasser tun - alles blitzsauber halten. Und das tut sie.

Ich krümme mich unter einem Hustenanfall. Dabei fällt etwas aus meinem Bett und rollt über den Boden. Ich lasse mich in mein Kissen zurücksinken, fühle mich schwach, kalt und fiebrig zugleich, und bemerke erst jetzt das Geräusch des rollenden Gegenstands.

Ein Farbstift.

Ich zünde die Kerze mit einem Streichholz an, dann lehne ich mich aus dem Bett und suche den Boden ab.

868-LAPISLAZULI-BLAU

Der Stift liegt auf dem Boden. In zwei Teilen.

Zerbrochen!

Habe ich ihn jetzt eben zerbrochen?

Ich schwinge mich so rasch aus dem Bett, dass ich taumele und auf dem harten Boden lande. Ich hebe die zwei Teile auf. Die Spitze ist ab, der Stift in der Mitte durchgebrochen. Mein Herz pocht, ich suche nach einer Möglichkeit, ihn wieder heil zu machen. Stecke ihn wieder zusammen. Klebe die Teile aneinander. Irgendwie muss es gehen ...

Die Kerze flackert, da bemerke ich einen weiteren Farbfleck unterm Bett. 845-KARMINROT. Aber es ist nur die obere Hälfte des Stifts, nicht mehr als ein winziger Stummel. Angstvoll hebe ich die Bettdecke hoch.

Mir fehlen die Worte, um zu beschreiben, was ich sehe.

Es ist einfach zu schrecklich.

Die Farbstifte. Sämtliche Stifte. 849-MANDARINEN-ORANGE und 876-HELIOTROP-LILA und 867-MEERES-TÜRKIS. Kaputt. Zerstört. Jemand ist darauf herumgetrampelt, bis sie zersplittert sind. Das Kerzenlicht flackert über sie hinweg, es erleuchtet den Ort eines Verbrechens. Eine meiner Zeichnungen liegt zerknüllt daneben. Mit zitternden Fingern hebe ich sie auf.

Die Pferdeschwingen sind mit Bleistift durchgestrichen, so fest, dass das Papier gerissen ist. Dort hat jemand geschrieben:

ZEIT, ERWACHSEN ZU WERDEN.

Ich weiß genau, wer dieser Jemand war.

Ich möchte hinunterrennen, mich auf sein Bett werfen und seinen mageren Hals würgen, während er schläft. Ich möchte seine kostbaren Comichefte in Fetzen reißen. Ich möchte auf ihm herumtrampeln und ihn in Stücke brechen. Plötzlich vernehme ich ein Trommeln. Ich halte die Luft an und hebe den Kopf. Was ist das? Das Schwarze Pferd - er ist zurück. Seine Hufe trampeln auf dem Dach herum, und jetzt ist er es, den ich zerbrechen möchte. Er ist der Grund allen Übels. Ich weiß es.

Die geflügelten Pferde im Spiegel beäugen mich, als ich in Stiefeln und Mantel durch die Diele schleiche und mich aus der Glastür in der Bibliothek stehle. Der Mond ist fast voll, und auch ihn hasse ich. Mit bloßen Fingern mache ich einen Schneeball und werfe ihn mit aller Kraft aufs Dach hinauf.

»Verschwinde!«, brülle ich.

Ich werfe noch einen. Und noch einen. Aber mein Arm ist schwach, und sie erreichen nur die Fenster im ersten Stock. Es ist zu dunkel, um zu erkennen, ob das Schwarze

Pferd sich dort oben aufhält oder ob es nur Schatten sind. Aber das macht nichts. Ich weiß, dass er da ist.

Er ist immer da.

In einem der Zimmer geht Licht an, und ich lasse den Schneeball fallen. Ich schleppe mich zur Gartenmauer und quäle mich hinauf, bevor jemand nachsieht und mich entdeckt. Atemlos renne ich durch das Labyrinth der Gärten. Durch den Rosengarten mit seinen verrottenden Spalieren, um den kaputten Springbrunnen herum, vorbei am überwucherten Azaleengarten, bis ich endlich den Sonnenuhrgarten erreiche. Foxfire wendet mir den Kopf zu, die Ohren in Erwartung eines Apfels vorgestreckt.

Ich stapfe direkt auf sie zu.

»Der Herr der Pferde hätte dich gar nicht herbringen sollen!«, rufe ich und kämpfe gegen die Enge in meinen Lungen. »Das ist kein geschützter Ort. Unsere Welt ist nicht sicherer als eure. Wenn das Schwarze Pferd dich dort findet, dann kann es dich auch hier aufspüren. Es ist nur eine Frage der Zeit! Hier passieren schlimme Dinge, merkst du das nicht? Anna ist weg. Meine Stifte sind kaputt. Und der Herr der Pferde schreibt mir nicht mehr. Es hat keinen Sinn weiterzukämpfen, hörst du mich? Es hat keinen Sinn!«

Es stimmt. Er hat mir nicht geschrieben. Er hat uns vergessen. Anna ist gestorben und hat mich verlassen. Und jetzt hat mich auch der Herr der Pferde im Stich gelassen.

Doch halt.

Moment.

Da steckt ja eine neue Botschaft an der Sonnenuhr. Das gleiche cremeweiße Papier. Mit dem gleichen Band zusammengebunden.

Mit zitternden Händen ziehe ich es heraus.

Liebe Emmaline May,

vergib mir, dass ich Dir eine Weile nicht geschrieben habe. Ich hatte eine Krankheit, von der mir ein Zittern der Hand zurückgeblieben ist. Sicher wirst Du das an meiner Schrift bemerkt haben.

Du fragtest, wie lange geflügelte Pferde leben. Ich weiß nur, dass sie viel länger leben als ich. Vielleicht hundert Jahre. Womöglich sterben sie überhaupt nicht. Das zu glauben finde ich tröstlich. Du nicht auch? Dann gäbe es einen Ort, an dem niemand alt wird. Du siehst, unsere Welten sind enger miteinander verbunden, als Du glaubst. Wenn manchmal in Deiner Welt ein besonderer Mensch vor der Zeit stirbt, dann wechselt er einfach in meine Welt herüber und wird zu einem meiner geflügelten Pferde. Auf gefiederten Schwingen streift es über den Himmel.

Gehabe dich wohl
Der Herr der Pferde

Ich lese den Brief noch einmal. Mir läuft vor lauter Kälte die Nase. Ich denke an die kaputten Farbstifte, die bei Anna immer ordentlich gespitzt waren. Ich denke an Annas leeres Bett. Die Schwestern haben nichts angerührt, nur die Bettwäsche gewechselt. Aber ich habe Benny sagen hören, dass ihr großes Bett durch drei Kinderbetten ersetzt werden soll, für drei kleine Kinder, die bald kommen.

Ich denke zurück an den Tag, als ich hinter dem Holzstoß versteckt Thomas dabei beobachtet habe, wie er das vom Fuchs gerissene Huhn vergraben hat. Er hat seine Federn berührt, bevor er Erde darauf geschaufelt hat. Ich frage mich, ob er dasselbe getan hat, als er half, Anna zu begraben. Ob er seine Hand an die Fichtenholzkästen gedrückt hat, die in der Scheune lagern für den Fall, dass einer von uns stirbt. Was mag er an seinen Fingerspitzen gefühlt haben?

Ich wische mir die Nase ab.

»Ich muss jetzt gehen«, sage ich zu Foxfire. »Tut mir leid, aber es ist wichtig. Mach dir keine Sorgen. Ich werde dich weiter beschützen. Bis zum Vollmond werde ich etwas Orangefarbenes auftreiben, das verspreche ich.«

Foxfire stupst mich zärtlich mit der Nase. Ich drücke meine Stirn an ihre Flammenblesse.

Sie und ich, wir verstehen einander.

Und dann gehe ich zur Mauer und klettere hinauf.

29. Kapitel

Ich renne durch die mit Raureif bedeckten Felder bis zu Thomas' Cottage neben der Scheune. Aus dem Kamin steigt Rauch.

Klopf, klopf.

Bog reagiert als Erster, aber Thomas beruhigt ihn. Dann höre ich Schritte, und die Tür schwingt auf.

Thomas senkt den Kopf, als hätte er jemand Größeren erwartet. »Emmaline?« Der leere Ärmel ist nicht so sorgfältig befestigt wie sonst. Er baumelt lose, während Thomas sich die müden Augen reibt. »Was ist los?« Er blickt sich um, ob ich allein bin. »Du kannst nicht ständig nachts draußen herumstreifen. Es wird kälter, und du bist ...« Er bricht ab, weil ich mich vor Husten krümme. »Du willst doch nicht noch kränker werden«, beendet er seinen Satz.

»Ich muss dir was zeigen«, bringe ich heraus. »Es ist wichtig.«

Wieder reibt er sich die Augen und wirft einen Blick zum Krankenhaus hinüber, er scheint zu überlegen, ob er mich zurückbringen und Schwester Constance übergeben soll. Doch dann gähnt er und öffnet die Tür ein wenig weiter.

Ich zögere.

Ich bin noch nie in Thomas' Cottage gewesen. Keiner von uns war je dort. Benny sagt, hier hält er seine Opfer gefangen, bis die Hexen sie fressen, aber ich sehe keine Kinder in Käfigen. Auch keine Schwerter oder Messer. Nur ein Feldbett mit einem Strohsack darauf, wie meines, aber größer, außerdem einen Herd mit einer Kaffeekanne, und ein paar Hemden, die im Gebälk zum Trocknen aufgehängt sind.

Auf dem Boden liegt tatsächlich ein angenagter Knochen, aber ich glaube, der gehört Bog.

Thomas schließt die Tür hinter mir, damit die Wärme drinbleibt. Er reibt sich das Kinn. »Was ist so wichtig, dass es nicht bis morgen warten kann?«

Die Hitze des Herds lässt meine Achselhöhlen feucht werden. Als ich den Brief vom Herrn der Pferde heraushole, komme ich mir albern vor. Vielleicht hätte es wirklich bis morgen Zeit gehabt. Vielleicht war es kindisch, herzukommen.

Aber nein. Es gibt Dinge, die man nicht aufschieben darf.

Ich reiche ihm den Brief. »Lies das.«

Aber er nimmt ihn nicht.

»Nun mach schon.«

Er räuspert sich. Er schüttelt den Kopf, sein Blick ist auf den Herd gerichtet. »Hausmeister lesen nur den Wetterbericht.«

Verwirrt ziehe ich den Arm zurück - vielleicht kann er nicht lesen und es ist ihm peinlich, das zuzugeben. Also lese ich den Abschnitt von den besonderen Menschen, die vor der Zeit sterben, laut vor. Als ich fertig bin, sehe ich ihn erwartungsvoll an.

Seine Brauen sind zusammengezogen, als verstünde er nicht.

»Das wollte ich dir sagen«, erkläre ich. »Dass manche besonderen Menschen, die vor der Zeit sterben, zu geflügelten Pferden werden. Dein Vater zum Beispiel. Er war ein großer Mann, der vor der Zeit gestorben ist.« Ich stecke den Brief wieder in meine Tasche. »Der Tod ist nicht das Ende für ihn. Das sagt der Herr der Pferde.«

Thomas kann den Blick nicht vom Herd abwenden. Er presst Daumen und Zeigefinger gegen den Nasenrücken, dann holt er tief Luft. Er beugt sich vor und legt mir die Hand auf den Kopf. Seine Handfläche ist groß. Er ist ein Mann der Erde und des Bodens, aber das heißt nicht, dass er kein Herz hat.

»Wenn der Herr der Pferde es sagt«, erwidert er schließlich, »dann muss es stimmen.«

»Das gilt auch für Anna.«

Er nickt. »Auch für Anna.«

»Und für mich, wenn ich eines Tages am Stillwasser sterbe.«

Seine Hand, die über meine Haarstoppeln fährt, hält

inne. Bog blickt von seinem Knochen auf und legt den Kopf schief. Thomas atmet tief. Die Schwestern mögen es gar nicht, wenn wir so reden. Sie sagen, es sei unsere Pflicht, ans Leben zu glauben, nicht an den Tod. Wir sollen unser Brot essen und solche Dinge Gott überlassen. Auch Dr. Turner mag es nicht. Er sagt, viele Kinder überleben das Stillwasser. Er sagt, wir können lange leben und Ehefrauen und Mütter werden, Ehemänner und Ärzte.

Thomas lächelt mich zärtlich an. »Wenn das passiert«, sagt er, »wirst du das schnellste aller geflügelten Pferde sein, da bin ich mir sicher.«

30. Kapitel

Am nächsten Tag haben sich die Schneeflocken in pieksende Hagelkörner verwandelt. Aus dem Klassenzimmer dringt Schwester Constances erhobene Stimme, sie bringt den Kleinen einfaches Zusammenzählen bei. Im Wohnbereich lernen die Älteren bei halboffenen Türen aus abgegriffenen Schulbüchern, die kleine Schrift und keine Bilder haben.

Ich bin auf dem Weg in den Speicher. Vielleicht gibt es da oben ja noch eine Kiste, die ich übersehen habe. Längst vergessene Bündel verstaubter Papiere, die ich vorsichtig beiseiteschieben werde, um dahinter eine Vase in schimmerndem Mandarinen-Orange zu finden. Früher war diese Farbe allgegenwärtig. An Weihnachten hatten wir Orangen in unseren Strümpfen. Im Herbst gab es Eichenblätter, im Frühling Ringelblumen.

Aber jetzt ist nicht Frühling.

Und auch nicht Herbst.

Es ist Winter, und in diesem Jahr gibt es keine Mandarinen, auch nicht auf Essensmarken. Und ohne das Orange ist der Schutzschild aus Regenbogenfarben nicht vollständig. Er ist nicht stark genug, um das Schwarze Pferd abzuwehren.

Ich biege um die Ecke und bleibe unvermittelt stehen.

Im Rücken spüre ich Blicke, und ich fahre herum.

Die Diele ist leer.

Das einzige Geräusch ist das Schnarchen aus Rodgers Zimmer. Doch als ich mich der Treppe zuwende, ist das Gefühl wieder da. Ich wirbele herum und gleich noch mal, bis ich mich einmal um die eigene Achse gedreht habe. Die Härchen im Nacken stellen sich auf und - ist das nicht der Geruch von Äpfeln? Dann bewegt sich etwas in einem der Wandspiegel. Ein geflügeltes Pferd tritt in den vergoldeten Spiegelrahmen. Es hat einen grauen Fleck zwischen den Nüstern und drückt das Maul gegen seine Seite der Scheibe, so dass sie von seinem warmen Atem beschlägt.

Es blickt mich unverwandt an.

»Äh ... Hallo.« Ich mache einen vorsichtigen Schritt auf den Spiegel zu, aber es zieht sich zurück, und meine Finger berühren nur kaltes Glas.

Es wirft den Kopf, schnaubt dann einmal, zweimal und tänzelt davon. Aus dem Spiegel schaut mir nur mein eigenes Gesicht entgegen, nichts zu sehen als Haarstoppeln, grüne Augen und klebrige Fingerabdrücke.

Doch dann - da. Jetzt kommt Bewegung in den anderen Wandspiegel weiter hinten in der Diele, an dem ich gerade vorbeigekommen bin. Das geflügelte Pferd mit dem grauen Fleck erscheint jetzt dort. Es schüttelt den Kopf, dass ihm die Mähne über die Augen fällt. Wieder strecke ich die Hand nach ihm aus, aber es wirft den Kopf und ist verschwunden. Das haben die Bäckereipferde mit meiner Schwester Marjorie auch immer gemacht; sie ließen sie ganz dicht herankommen und tänzelten dann davon. Es war wie ein Spiel.

Ich stemme die Arme in die Hüften.

»Ich habe keine Zeit für Spielereien.«

Aber das Pferd wirft wieder den Kopf und trabt davon, nur um im nächsten Moment in einem Spiegel weiter hinten aufzutauchen. Es stupst mit der Nase gegen das Glas. Als ich näher komme, stupst es noch einmal, diesmal mit mehr Nachdruck; es reibt sich so fest an dem Glas, dass ich fürchte, es könnte brechen.

»Das ist kein Spiel, nicht wahr?«, flüstere ich. »Du willst mir etwas sagen.«

Das Pferd verschwindet auch aus diesem Spiegel, und ich meine das Rauschen seiner Schwingen in der Diele zu spüren, nur eben in einer anderen Welt. Und dann ist es am letzten Spiegel angekommen. Es ist eine Aufforderung, ihm zu folgen. Als ich diesmal den Spiegel erreiche, geht es nicht weg. Es wirft den Kopf. Dampf lässt seine Seite des Spiegels beschlagen.

Wieder und wieder stupst es gegen das Glas, als wollte es herüberkommen, aber seine dunklen Augen sind fest auf etwas hinter mir gerichtet. Ich drehe mich um. Bennys Zimmer liegt auf der anderen Seite der Diele. Die Tür steht halb offen. Keine Spur von Benny und den anderen Jungen. Vermutlich haben sie sich hinausgeschlichen, um zu rauchen.

»Was siehst du?«, flüstere ich.

Und dann fällt mein Blick auf Bennys Bett, und mein Herz setzt einen Schlag aus. Auf der grauen Wolldecke liegt Bennys kostbarer Popeye-Comic. Der Umschlag explodiert in leuchtendem Orange.

849-MANDARINEN-ORANGE.

Auf Zehenspitzen schleiche ich hinein. Ja, das ist genau, was ich gesucht habe! Ich schlage ihn auf, und kann mein Glück nicht fassen, da fällt mir eine Widmung am Rand der ersten Seite auf.

Benny,

das hier habe ich im Blackwell-Buchladen gefunden - ein Popeye-Comic, den wir noch nicht kennen!
Alles Liebe,

Dad

Ich lege das Heft zurück aufs Bett und mache ein paar Schritte rückwärts. Ein Geschenk von Bennys Vater. Bennys Vater kämpft irgendwo an der Front, genau wie meiner. Mein Magen schlägt Purzelbäume. Deshalb liest er dieses Heft immer und immer wieder, auch wenn Comics eigentlich kindisch sind. Es ist etwas, woran er sich festhalten kann, etwas von früher. Und plötzlich vermisse ich meinen Papa, meine Mama und Marjorie und den Duft von heißem Apfelkuchen an einem kalten Wintermorgen.

Ich wende mich zum Spiegel. »Ich weiß nicht, ob ich das nehmen kann, es bedeutet ihm so viel.«

Aber das Pferd ist verschwunden. Ich blicke in mein eigenes Gesicht. Die Zähne ein wenig unregelmäßig. Die Nase ein wenig zu rot.

Da taucht ein anderes Gesicht hinter mir auf, und ich erstarre. Leider ist dieses Gesicht auf meiner Seite des Spiegels.

»Was machst du da?«, herrscht Benny mich an. Mit verschränkten Armen erwartet er meine Antwort.

Ich werfe einen Blick auf das Comicheft und bin froh, dass ich es genau dorthin zurückgelegt habe, wo es lag. »Geht dich nichts an.«

Seine Miene verdüstert sich. »Du solltest in deinem Zimmer sein und lernen, statt hier unten herumzuspionieren.« Er folgt meinem Blick und sieht den Comic. »Was hast du vor, kleine Diebin?«

»Ich bin keine Diebin!«

Aber meine Wangen röten sich schuldbewusst bei dem Gedanken an Jacks Spielzeuglokomotive, an die Habseligkeiten der Prinzessin vom Speicher, an Dr. Turners Medizinflasche.

Plötzlich schnellt Bennys Hand vor und zieht mir den letzten Brief vom Herrn der Pferde aus der Tasche. Vor Schreck schnappe ich nach Luft und will ihn zurückholen, aber er hält ihn hoch über meinem Kopf.

»Und was ist das?«

»Der ist an mich adressiert!«

Er runzelt fragend die Stirn. »Wer würde dir einen Brief schreiben?« Er rollt ihn auf und überfliegt den Text.

»Gib ihn zurück!«

Aber er wehrt mich mit seinen knochigen Händen ab und liest bis zu Ende. Dann knüllt er den Brief in der Faust zusammen und grinst mich höhnisch an; der raubeinige Straßenköter ist zurück. »Der Herr der Pferde?« Er lacht laut auf. Ich haue und kratze, doch er scheint es nicht zu spüren. Er muss sich vor Lachen eine Träne aus dem Auge wischen. »Wer hat das geschrieben? Dr. Turner?«

»Den Herrn der Pferde gibt es! Wir schreiben uns seit Wochen. Ich habe dir von den geflügelten Pferden in den Spiegeln erzählt. Du wolltest mir ja nicht glauben, aber es stimmt.«

In seinen Augen lese ich Zweifel; womöglich könnte das, was ich sage, doch wahr sein, und er stünde am Ende als der Dumme da. Doch dann blinzelt er. »Jemand hat sich einen Scherz mit dir erlaubt, Emmaline.«

»Nein.«

»Wahrscheinlich Dr. Turner. Nur er kommt an so feines Papier. Andererseits hat Schwester Mary Grace alle diese Bänder …«

»Frag Thomas«, gebe ich zurück. »Er hat sie auch gesehen, die geflügelten Pferde.«

Bennys Gesicht leuchtet auf. »Thomas! Natürlich. Thomas hat dir die Briefe geschrieben, Dummerchen. Aber es ist kein Scherz, sondern eine Falle.« Er reißt die Augen auf. Den Brief hält er außerhalb meiner Reichweite. Auf Zehenspitzen versuche ich, an ihn heranzukommen; wir wirbeln umeinander herum. Dann senkt er die Stimme: »Hast du denn die Geschichten nicht gehört? Er will dich in sein Cottage locken, damit er Ragout aus dir machen kann.«

»Das ist nicht wahr!« Ich schreie jetzt, und die anderen Kinder spähen aus ihren halbgeöffneten Türen. »Thomas kann ja nicht mal schreiben!«

»Es gibt keinen Herrn der Pferde. Es gibt auch keine geflügelten Pferde. Das existiert alles bloß in deinem Kopf.«

Meine Beschimpfungen ersterben auf meinen Lippen. Ich höre auf zu wirbeln, denn auf einmal werden meine Beine schwach, und ich taumle gegen die Wand. Eine Tür quietscht, als eines der Kinder sie weiter öffnet. Benny blickt auf und bemerkt unser Publikum. Einen Moment lang scheint er unentschlossen. Ein Dutzend Wandspiegel zeigt ihn, die Hand mit dem zerknüllten Brief des Herrn der Pferde hoch erhoben, ein rotes Band baumelt herab.

Er lässt den Brief fallen und trampelt mit dem Fuß darauf herum.

»Geh in dein Zimmer!«, befiehlt Benny. »Und ihr anderen, haltet euch von Thomas fern. Ich habe euch gewarnt.«

Er starrt mich mit seinem Hundegesicht an, dann marschiert er in sein Zimmer und lässt sich auf sein Bett plumpsen. Er schnappt sich den Popeye-Comic und blättert darin herum.

So orange.

So orange wie Bennys Haar. Das Orange von Feuer.

Das alles existiert bloß in deinem Kopf.

Einige Kinder kichern. Sie machen sich über geflügelte Pferde und Märchenprinzen lustig. Die Spiegel sind jetzt alle leer. Aber die Pferde waren da. Das mit dem grauen Fleck, das mich zu Bennys Comic geführt hat. Es war wirklich da. Und der Brief ... Nein, das kann nicht sein.

Ich falle auf die Knie und versuche, den Brief glattzustreichen, so gut es geht. Aber die Schrift ist von Bennys Schuh verschmiert. Ich könnte heulen. Das rote Band ist zerrissen. Ich betrachte es aus dem Augenwinkel und wische eine Träne weg. Stammt es wirklich von der Rolle in Schwester Mary Graces Nähkasten? Und das Papier ... gleicht es tatsächlich dem von Dr. Turners Rezeptblock?

Nein, die Seiten seines Blocks sind perforiert. Und dieses hier hat scharfe Kanten.

Benny hat unrecht. Benny hat nicht die geringste Ahnung von geflügelten Pferden.

Ich blicke zu seiner offenen Tür hinüber. Er schlägt eine neue Seite auf und amüsiert sich über Popeye.

Ich wünschte fast, dass das Schwarze Pferd käme. Am liebsten würde ich ihn rufen, damit er Benny und die anderen lachenden Kinder mitnimmt. Ich möchte, dass er mit seinen Mitternachtshufen und dem dornendurchwirkten Schweif durchs Dach des Krankenhauses kracht und in die Diele donnert, so laut, dass sämtliche Spiegel klirrend zerspringen. Er soll Benny unter seinen Hufen zermalmen, bis nichts mehr von ihm übrig ist und er genauso zerfetzt und kaputt ist wie dieser Brief.

Aber das Schwarze Pferd ist nicht hinter Benny her.

Ich hebe den Brief auf. Ich werde mir seinen Comic holen.

31. Kapitel

Ich muss den rechten Augenblick abwarten. Benny lässt mich nicht aus den Augen, verfolgt jeden meiner Schritte. Seinen Comic hat er nie mehr dabei, also muss er ihn versteckt haben, genau wie ich die zerbrochenen Stifte in der Geheimschublade von Annas Schreibtisch versteckt habe. Aber irgendwann langweilt ihn die Sache. Er wird nachlässig. Und während die Kinder sich in Schwester Constances Zimmer versammeln, um am Radio die Rede von Winston Churchill anzuhören, führe ich meinen Plan aus.

Hinter mir in einem Wandspiegel in der Diele des Wohnbereichs ist ein geflügeltes Pferd, das ich noch nie gesehen habe. Es hat blaue Augen und schlägt mit dem Schweif nach Fliegen. Neugierig beobachtet es, wie ich auf Zehenspitzen zur letzten Tür auf der rechten Seite schleiche.

Bennys Tür.

Ich öffne sie vorsichtig und schließe sie hinter mir. Erst als ich im Zimmer bin, wage ich wieder zu atmen.

Dort stehen drei Betten, aber ich weiß, welches es ist. Und selbst wenn ich es nicht wüsste, würde der Zwiebelgeruch es mir verraten. Ich schleiche hinüber und hebe das Kopfkissen hoch: kein Comic. Ich öffne die Tür seines Nachtschränkchens: nichts außer einer Tüte mit alten Nüssen und Briefen von zu Hause. Ich schaue unters Bett: nichts.

Ich setze mich aufs Bett und denke nach. Ich muss das Heft finden.

Wenn ich ein boshafter Junge mit einem Hundegesicht wäre, wo würde ich mein Comicheft verstecken?

Mein Blick fällt auf die große Bibel auf dem Tisch, und ich erinnere mich, wie er letzten Sonntag statt der Bibel Popeye gelesen hat. Ich schlage sie auf, und nach ein paar Seiten starrt mich Popeye an. Meine Augen weiten sich. Was würde der liebe Gott davon halten?

Da höre ich Schritte in der Diele und kann den Comic gerade noch herausnehmen und in meine Bluse stecken. Durch den Türspalt sehe ich, wie das geflügelte Pferd im Spiegel aufgeregt hin- und hertänzelt, die blauen Augen aufgerissen, als wollte es mich warnen. Ich lasse mich auf alle viere nieder und krieche unter Bennys Bett. Die Schritte machen draußen vor der Tür halt. Schwarze Stiefel. Schmal geschnitten. Schwester Mary Grace. Um das Husten zu unterdrücken, presse ich mir die Hand gegen den Mund. Einen Moment lang steht sie still, dann schließt sie die Tür.

Ich warte.

Der Boden unter dem Bett ist schmutzig, Nüsse liegen herum. Hier kann ich nicht bleiben. Bald wird die Radioübertragung zu Ende sein, und er kommt zurück. So leise wie möglich huste ich in meine Hand.

Langsam krieche ich unter dem Bett hervor; das Blut rauscht in meinen Ohren, als ich am Türknauf drehe. In der Diele ist es still. Das geflügelte Pferd mit den blauen Augen dreht mir das Hinterteil zu, es scheint zu schlafen. Ich hole tief Luft, dann schleiche ich auf Zehenspitzen zu Annas Zimmer. Ihr großes Bett und die schweren Möbel sind noch nicht weggeräumt. Ich bediene den verborgenen Hebel an der Unterseite des Schreibtischs, der die Geheimschublade entriegelt. Sie springt auf, und plötzlich ist der Raum erfüllt von Anna. Getrockneter Lavendel. Ihre Naturkundebücher, ein einzelner feiner tintenschwarzer Stift und die zerbrochenen Stifte, die ich hier in Sicherheit gebracht habe. Ich schiebe das Comicheft hinein, schließe die Schublade und renne hinaus. Am Ende der Diele biege ich scharf ab, stehle mich an der Tür von Schwester Constances Büro vorbei und die Treppe zum Speicher hinauf. Ich schaffe es gerade noch, bevor die Ansprache zu Ende ist und die Kinder in die Diele strömen.

Oben angekommen, verschnaufe ich erst einmal in dem Schatten, wo niemand mich sieht.

Ich lächle in die Dunkelheit.

32. Kapitel

»Wo ist es?«

Bennys Schreie dringen bis zu mir herauf. Ich ziehe scharf die Luft ein, aber das löst einen neuen Hustenanfall aus, den ich nur mit Mühe in meiner Armbeuge ersticken kann.

Vor dem Dachfenster sinkt die späte Nachmittagssonne immer weiter. Bald wird der Mond aufgehen. Ein fast voller Mond. Mir bleibt nur noch ein Tag, denn morgen wird er perfekt gerundet und strahlend hell sein. Ich muss in den Sonnenuhrgarten und den Comic in der Mauer aus Efeu befestigen. Ich muss den Schutzschild für Foxfire vervollständigen. Die acht Farben des Regenbogens, wie in Annas Farbenkasten. Ein kompletter Satz.

Und trotzdem.

Als ich von den Stufen aufstehe, wird mir schwarz vor den Augen und ich muss mich gleich wieder hinsetzen. Meine Lungen. Das Biest, das dort tief unter dem Stillwasser lauert, kratzt in meinem Hals.

Ich presse mir die Hand an den Mund. Nicht jetzt. Bitte. Nicht heute Abend.

Ich versuche es mit beruhigenden Gedanken: Wasser, das mir die Kehle hinunterrinnt. Warme, geschmolzene

Schokolade. Frische Milch direkt aus dem Melkeimer. Aber das Kratzen lässt sich nicht ignorieren. Es wächst sich zu einer dornigen Rose aus, die an der Innenseite meiner Luftröhre schabt.

»NEIN!«, brüllt Benny. »Jemand hat es genommen!«

Vor der Speichertür höre ich das Getrappel von Füßen und noch mehr Geschrei. Benny hat mich in seinem Zimmer herumstöbern sehen. Benny hat die scharfen Augen eines Jagdhunds. Er weiß, dass ich es war.

Soll er nur mein Zimmer durchsuchen - er wird es nicht finden.

Ich schaue nach draußen. Ob Foxfire auf mich wartet? Blinzelt das Schwarze Pferd bereits in Erwartung des hellen Mondlichts, mit dessen Hilfe es morgen erneut angreifen wird? Aber meine Glieder zittern, und meine Sehkraft lässt nach, ich kann mich nur in meine Dachkammer schleppen. Zentimeterweise geht es vorwärts, jeder Schritt ist ein Kampf, und ich muss an die Männer im Schutt denken, wie sie sich, die Lungen voll vom Staub der deutschen Bomben, kriechend in Sicherheit bringen. Endlich erreiche ich mein Zimmer. Ich gebe der Tür einen Fußtritt und lehne mich keuchend dagegen. Diesmal lässt sich das Biest namens Stillwasser nicht beruhigen. Es ist zu Anna gekommen, und jetzt, wo sie weg ist, will es sich weitere Lungen holen, die es verwüsten, weitere Hälse, die es zerkratzen kann.

Ich schleppe mich zu meinem Strohsack und lasse mich

auf die Bettdecke sinken. Der Husten kommt jetzt ungehindert. Ich kann ihn nicht aufhalten. Indem er sich seinen Weg bahnt, zerfetzt er die Innenwand meiner Luftröhre. Es fühlt sich an, als würde mich jemand auswringen. Nichts bleibt zurück. Kein Wasser. Kein Leben. Ich schmecke den bitteren Geschmack von Blut. Draußen trampeln wütende Schritte die Treppen herauf.

Jetzt sind sie vor meiner Tür.

KLOPF, KLOPF.

Bennys Stimme. »Ich weiß, dass du es warst, du Diebin!«

Die Tür öffnet sich ein paar Zentimeter. In dem Spalt erscheint Bennys zorniges Gesicht, seine scharfen Augen sehen sich im Zimmer um, seine lange, spitze Nase schnüffelt. Er reißt die Augen auf, als er mich entdeckt. »Emmaline? Bist du ...« Er weicht zurück. »Schwester Constance, schnell! Alles ist voller Blut!«

Ich höre, wie sich die Schritte rasch über die Treppe entfernen.

Ich lächle. Es ist das Letzte, woran ich mich erinnern kann. Dann fällt mein Kopf in die Kissen zurück. Ich lächle und denke an den Regenbogen, den Marjorie und ich an jenem Regentag gesehen haben. Damals fürchtete ich, es wäre der letzte, den ich sehen würde.

Aber bald. Bald wird mein eigener Regenbogen fertig sein.

33. Kapitel

Marjorie sitzt auf der Bettkante. Sie hat ihren gelben Regenmantel an und liest in Bennys Comic. Sie riecht nach Zimt und frischem Apfelkuchen. Wie ich diesen Duft vermisst habe. Wie ich sie vermisst habe. Meine Schwester. Ich versuche mich aufzurichten, aber mein Kopf ist so schwer, dass ich aufs Kissen zurücksinke. Es ist zu warm in meiner Dachkammer, ich möchte die Decke zurückschlagen, aber Marjorie sitzt darauf.

»Dieses Comicheft ...« Meine Stimme klingt nicht mehr wie gewohnt, seit das Stillwasser-Biest meinen Hals zerfetzt hat. »Leg es zurück. Verstecke es ...«

Sie blättert eine Seite um und lächelt über eine Zeichnung, die Popeye auf einem Kamel zeigt. »Mach dir keine Sorgen, Em. Du hast dir schon immer zu viele Sorgen gemacht.« Sie schlägt die nächste Seite auf. Mein Kopf fühlt sich an wie halbiert, aber wo ist die andere Hälfte?

Und warum trägt Marjorie im Zimmer ihren Regenmantel? Als ich mich aufrichte, schwankt mein Körper erst nach links, dann nach rechts. Das ganze Zimmer schwankt, als befände es sich auf dem Rücken eines Kamels. Das Stillwasser klumpt in meinem Hals zusammen wie verrottende Blätter im Sumpf, und ich weiß - ganz sicher -, dass das Biest dort unten sitzt und lauert. Ich presse die Hand auf die Mitte meiner Brust.

Marjorie lässt den Comic sinken, um mir zu zeigen, wie Olivia eine Sanddüne hinunterrutscht. Ich presse die Hand gegen den Kopf. Seiten rascheln, und ich sehe die Widmung:

Alles Liebe, Dad.

»Marjorie.« Meine Lippen sind so trocken. »Wie bist du hierhergekommen?«

Marjorie wurde nicht mit einem der ersten Züge aus Nottingham weggebracht. Ebenso wenig wie ich. Wir standen vor unserem Haus und sahen zu, wie die Nachbarn schwere Koffer zum Bahnhof schleppten, ihre Gesichter waren ernst, die Eltern hatten Mühe, die Tränen zurückzuhalten. In der Nacht, bevor die Nachbarskinder gingen, versammelte uns Mutter am Küchentisch. »Viele Kinder verlassen die Städte«, erklärte sie. »Ihre Eltern meinen, dass sie auf dem Land sicherer sind. Aber ihr müsst verstehen, Mädels, dass es inzwischen nirgends mehr sicher ist. Euer Vater in Libyen ist nicht sicher. Euer Onkel beim Generalstab der Luftwaffe in London ist nicht sicher. Deshalb werden wir drei zusammenbleiben. Wir werden die Arbeit tun, die euer Vater und die Bäckerjungen taten. Wir werden füreinander sorgen. Marjorie kümmert sich um Emmaline, und Emmaline kümmert sich um Marjorie.« Sie machte eine Pause und drückte meine Hand. »Aber ich werde ganz besonders auf euch beide aufpassen, weil ich eure Mutter bin, und ihr meine beiden Häschen seid.«

Marjorie blättert noch eine Seite um.

Ich kann nicht aufhören zu husten. Ich kralle mich an der Bettdecke fest, ich stopfe sie mir in den Mund, um dem Stillwasser Einhalt zu gebieten, aber es lässt sich nicht aufhalten.

Marjorie sieht zu und schüttelt betrübt den Kopf.

»Mutter hatte recht«, sagt sie. »Kein Ort ist mehr sicher.«

34. Kapitel

In meinen Träumen höre ich Benny. *Ich weiß, dass du es warst, du Diebin.* Marjorie kommt und geht. Immer trägt sie ihren gelben Regenmantel. Und dann plötzlich ist sie ein schwarzer Geist mit einem weißen Gesicht. Aber das ist nicht mehr sie, sondern Schwester Mary Grace in ihrer Nonnentracht. Sie streichelt mein Gesicht.

»Pssst«, sagt Schwester Mary Grace. »Versuch dich auszuruhen, Kind.«

Da steht noch jemand neben der Tür. Schmutzig rotes Haar, schmutzig roter Pullover.

»Alles in Ordnung, Benedict«, sagt Schwester Mary Grace. »Du kannst jetzt gehen, sie wird wach.«

Er sieht mich mit großen Augen an, die nichts mehr von der gewohnten Bosheit haben, dann senkt er den Blick und verschwindet durch die offene Tür.

»Er hat mich sofort geholt und wollte nicht weg, bevor du aufgewacht bist. Aber jetzt versuch, einen Schluck Tee zu trinken.« Schwester Mary Grace hält mir den Rand einer dampfenden Tasse an die Lippen.

Ich schüttle den Kopf, will mich aufsetzen. »Ich muss hinaus in den Garten.«

Fassungslosigkeit tritt an die Stelle ihres freundlichen Blicks. »Heute nicht, Emmaline.«

Wie lange habe ich geschlafen und geträumt? Stunden? Einen ganzen Tag? Ich werfe einen verzweifelten Blick auf den dunklen Himmel draußen. Im Mondlicht kann ich eben noch die Gartenmauer erkennen. Der Mond ist so hell, dass es blendet. Und perfekt gerundet. Voll. Voll! Panik nagt an meinen Fingerspitzen; sie würden am liebsten nach meinen Stiefeln greifen. Ich muss in den Garten!

»Nein«, sagt sie.

»Nur für zwanzig Minuten.«

»Nein.«

»Zehn.«

Sie sieht mich an.

»Fünf!«

Mit einem Seufzer stellt Schwester Mary Grace die Tasse ab. »Dr. Turner hat dich untersucht. Dein Körper ist momentan sehr schwach. Du kannst nicht ...« Sie starrt auf die Bettdecke. »Du kannst nicht nach draußen. Für lange Zeit nicht mehr. Es tut mir leid, mein Kind.« Sie blickt über meine Schulter zur Tür hin.

Dort hängt eine neue Karte. Eine rote.

Blut pocht hinter meinen Augen.

Ich darf nicht raus?

Nicht in den Garten?

»Verstehen Sie nicht? Foxfire braucht mich. Wir haben

Vollmond und der Farbenschild ist nicht vollständig. Womöglich hat das Schwarze Pferde sie schon erwischt.« Ich zerre die Bettdecke weg und versuche, aus dem Bett zu kommen, aber Schwester Mary Grace drückt mich nach unten. Sie ist stärker, als ich es in Erinnerung habe. Oder bin ich schwächer?

»Tut mir leid, aber du brauchst jetzt Ruhe.«

»Ich muss sie retten!«

»Em -«

»Es ist wahr! Alles, was Benny gesagt hat, ist wahr! Ich habe sein Comicheft gestohlen und ich habe das Altartuch weggenommen, und das alles tut mir sehr leid, aber Foxfire brauchte die Sachen dringender als wir!« Ich schlucke und versuche ruhiger zu sprechen. »Und wenn ich nicht zu ihr gehe, wird das Schwarze Pferd sie umbringen. Heute Nacht.«

Schwester Mary Grace ist den Tränen nahe. Sie steht auf, fährt sich mit der Hand über die Augen und stählt sich mit einem tiefen Atemzug. »Du hast im Schlaf Unsinn geredet und versucht rauszugehen.« Ihre Hand wandert zu etwas metallisch Glänzendem direkt über dem Türknauf. »Schwester Constance hat Thomas gebeten, einen Riegel an der Tür anzubringen, zu deiner eigenen Sicherheit. Morgen werden wir dich in Annas Zimmer verlegen. Dort hast du es wärmer und kannst die hübsche Decke betrachten. Das gefällt dir bestimmt.«

Ich starre auf den Riegel.

Ein Stückchen Messing, das vorher nicht da war, sperrt mich ein. Thomas muss mit Hammer und Nägeln da gewesen sein und hat mein Zimmer in eine Gefängniszelle verwandelt. Aber er weiß doch von Foxfire. Wie konnte er mir das antun?

Ich balle die Fäuste unter der Bettdecke.

»Thomas soll kommen. Sagen Sie ihm, dass ich dringend mit ihm reden muss. Allein.«

Schwester Mary Grace zögert. Thomas kommt nur in den Wohnbereich der Nonnen und Kinder, wenn er uns Brennholz bringt, und er ist kaum je allein mit uns, mit Ausnahme von Anna, die bettlägerig war und besondere Hilfe brauchte. Thomas ist ein junger Mann, und selbst jetzt, mitten im Krieg, gibt es Regeln, die befolgt werden müssen.

Schwester Mary Grace fährt mit dem Finger über den Riegel und nickt mir dann zu. »Ich werde es ihm sagen.«

35. Kapitel

Ich schlafe. Ich will es nicht, aber der Schlaf schleicht sich an wie ein listiger Fuchs. Ich träume von meinem Vater und Thomas' Vater, die gemeinsam in Panzern an der Capuzzo-Front kämpfen. Doch statt der Bomben fallen schwarze Federn vom Himmel. Stück für Stück zerschneiden sie die Panzer, so dass der Schnee in sie eindringt.

Es ist kalt, so kalt.

Als ich aufwache, steht das Dachfenster einen Spalt offen. Ich kann mich nicht erinnern, es geöffnet zu haben. Allein der Gedanke, durchs Zimmer zu gehen, um es zu schließen, erschöpft mich, und ich ziehe nur die Bettdecke höher. Mein Magen knurrt. Ich greife nach dem Tee auf dem Nachttisch und -

Neben der Tasse liegt ein Brief.

Ein Brief auf schönem Papier, gerollt und mit einem roten Band versehen.

Als ich mit zitternden Fingern danach greife, pocht mein Herz wie bei dem verletzten Vogel, den Marjorie gefunden hat.

Liebe Emmaline May,

wie du weißt, haben meine Pferde Deine Welt durch die Spiegel beobachtet. Sie haben mir von Deiner Zwangslage berichtet, und ich bedaure dies sehr. In einem Deiner Briefe hast Du - wenn ich Dich richtig verstehe - Deinen tiefen Hass gegenüber dem Schwarzen Pferd zum Ausdruck gebracht. Doch ich fürchte, Dein Zorn ist unbegründet. Das Schwarze Pferd trachtet nicht mutwillig nach Unfrieden. Es hat ein Recht auf ein eigenes Leben. Es hat seinen Platz in dieser Welt. Es hat sogar einen Namen: Volkrig. Meine Pferde fliegen über den Himmel, weil es ihre Berufung ist. Volkrig jagt, weil es seine Berufung ist. Versuche das zu verstehen. Wir können uns ihm widersetzen. Und wir können ihn bekämpfen. Aber wir können ihm nicht vorwerfen, dass er tut, wozu er geschaffen ist.

Foxfire ist jetzt auf sich gestellt. Du bist ihr eine gute Freundin gewesen - und mir auch.

Gehabe dich wohl
Der Herr der Pferde

Ich falte den Brief zusammen. Volkrig. Der Name hat einen unheimlichen Klang, passend für ein unheimliches Pferd. Und doch hat er etwas verändert.

Ein kalter Windhauch weht vom offenen Fenster herüber.

Der Herr der Pferde muss hereingeklettert sein. Er hätte schon die ganze Zeit zu mir kommen können. Wir hätten den Garten oder die Sonnenuhr gar nicht gebraucht. Warum zeigt er sich nicht?

Klopf, klopf.

Der Messingriegel wird zurückgeschoben. »Emmaline? Bist du wach?« Es ist Thomas.

»Ja.« Ich werfe die Bettdecke zurück, aber das Stillwasser steigt. Ich huste und huste. Thomas steckt zögernd den Kopf herein, dann schaut er rasch weg.

»Schwester Mary Grace hat gesagt –«

»Du musst mir einen Gefallen tun.« Mühsam richte ich mich auf. »In Annas Zimmer gibt es einen Schreibtisch mit einer Geheimschublade, die sich mit einem Hebel an der Unterseite öffnen lässt. Da ist ein –« Das Stillwasser-Biest kämpft sich mit seinen Krallen nach oben, aber ich schlucke es hinunter. »Da ist ein Heft. Bring es in den Sonnenuhr-Garten. Befestige es am Efeu. Du musst es tun. Foxfire braucht uns.«

Er starrt mich an, als verstünde er nicht. »Emmaline ...«

»Bitte! Ich kann es nicht selber tun.«

Er zögert einen Moment, dann nickt er. »Ja. Ja, natürlich, mache ich.«

Langsam atme ich aus und lasse mich in die Kissen sinken. Sie sind weich. Wie Wolken, wie Foxfires Haar.

Aber Thomas bleibt in der Tür stehen. »Ich muss dir

etwas sagen, Emmaline. Meine Tante aus Wales hat geschrieben. Ich muss heute Abend noch los, und ich werde ein paar Tage wegbleiben. Das Begräbnis meines Vaters findet in London statt. Es kommt zur falschen Zeit, aber da kann man nichts machen.«

Er holt tief Luft, und ich begreife. Er denkt, dass er mich nicht wiedersehen wird. Er denkt, das Stillwasser kommt mich holen, während er weg ist. Ich sehe ihm in die Augen.

»Du meinst, ich werde bald sterben?«

»Nein, nein. Ich wollte nur ...«

Doch, genau das hat er gedacht.

Seine Finger spielen mit dem Messingriegel. »Auf Wiedersehen, Emmaline.« Dann fährt seine Hand in die Tasche und zieht einen kleinen Handspiegel hervor. Er legt ihn auf den Nachttisch neben den kalten Tee. Der Spiegel ist in Messing gefasst und hat einen Holzgriff, und ich habe keine Ahnung, wie Thomas zu diesem schönen Stück gekommen ist.

Ein Schildchen hängt daran.

Ich halte es ins Licht.

Für Emmaline May
von Deinem Freund Thomas.

»Die Pferde werden auf dich aufpassen, während ich weg bin«, sagt er.

36. Kapitel

Als ich aufwache, ist es dunkel.

Eisregen prasselt ans Fenster. Ich kann mich kaum erinnern, geschlafen zu haben, möchte mich in den Schlaf zurückfallen lassen, aber Thomas' Besuch hat mir neue Kraft gegeben. Ich muss sichergehen, dass mit Foxfire alles in Ordnung ist. Ich schlage die schweißnassen Laken zurück und steige auf wackligen Beinen aus dem Bett. Meine Knie und Knöchel gehorchen nicht, und sobald ich mich aufrichte, sinke ich zu Boden. Auf allen vieren krieche ich langsam zum Fenster.

Draußen ziehen schwere Wolken vorbei, von silbernem Mondlicht gesprenkelt. Ich kann einen Schatten ausmachen, der durch den Schnee hin- und herrennt. Bog. Neben ihm stapft ein schwankender Schatten, das muss Thomas sein. Ich stoße einen Seufzer der Erleichterung aus. Bald wird der Schutzschild aus Farben vollständig sein. Foxfire ist in Sicherheit.

Meine Augen suchen den Himmel ab. Zeichnet sich dort gegen die dunklen Wolken nicht ein noch dunklerer Schatten ab? Er fliegt in enger werdenden Kreisen direkt über dem Krankenhaus, wie ein deutsches Flugzeug.

Es donnert so laut, dass ich aufschrecke.

Das Schwarze Pferd. Volkrig. Soll er nur kreisen. Jetzt wird er Foxfire nicht mehr finden.

Mit kraftlosen Armen drücke ich das Fenster zu und sperre die Nacht aus.

Der Messingriegel wird zurückgeschoben.

»Emmaline!« Schwester Mary Grace kommt ins Zimmer gestürzt, gefolgt von Schwester Constance. »Warum bist du nicht im Bett, Kind?«

Ich lasse den Kopf gegen das kühle Glas sinken. Noch ein Donner, aber ich lächle, denn unten öffnet Thomas gerade das Tor zum Park.

»Emmaline?« Eine kühle Hand legt sich auf meine Stirn. Ich rieche frischen, dampfenden Tee. »Schwester, helfen Sie mir, sie ins Bett zu schaffen. Sie hat hohes Fieber.«

Dieselben kühlen Hände heben mich hoch. Hinein in die weichen Laken. Ein Bett, das nach Stroh riecht. Kissen wie Wolken.

»Hier oben ist es zu kalt. Wir sollten sie jetzt gleich in Annas Zimmer bringen. Das hat einen Kamin.«

Aber ich mag den Geruch hier oben, möchte ich sagen. *Er erinnert mich an die Schafe mit ihrer weichen, weichen Wolle.*

»Dr. Turner hat gesagt, wir sollen sie nicht verlegen. Er wird morgen früh als Erstes nach ihr sehen.«

»Das könnte zu –«

»Pssst.« Die Hände sind jetzt an meiner Stirn, sie ziehen mir die Bettdecke bis zum Hals hinauf. »Emmaline? Mein Kind?«

»Sie kann Sie nicht hören.«

Doch, ich kann. Ich kann es. Ich versuche, ihnen das zu sagen, doch es kommt nur ein röchelndes Husten. Ich schmecke etwas Bitteres. Eine der Schwestern unterdrückt ein Seufzen. Dann wird mir ein Stück Stoff an den Mund gedrückt.

Ich höre das Rascheln von Papier.

»Diese ganzen Zeichnungen. Ob sie sie wirklich sieht ... die geflügelten Pferde in den Spiegeln?«

»Schwester Mary Grace«, rügt Schwester Constance. »Unsere Aufgabe ist es, für die Kinder zu sorgen, nicht auf ihre Fieberphantasien einzugehen.« Ich bin umgeben von noch mehr Händen. Sie schütteln die Kissen auf. Dann fügt Schwester Constance versöhnlich hinzu: »Obwohl ein Teil von mir hofft, dass es so ist.«

Schwester Mary Grace betrachtet noch immer meine Zeichnungen. »Wenn nur jemand da wäre, dem wir sie schicken könnten. Ist es nicht schrecklich? Die Berichte von der Bombardierung der Bäckerei in Nottingham. Die Einschläge, das Feuer. Mutter und Schwester auf diese Weise zu verlieren. Und in derselben Woche auch noch den Vater bei der Belagerung von Tobruk.« Sie senkt die Stimme. »Sie waren eingeschlossen. Ihre Mutter und die

Schwester. Dr. Turner hat es von dem Fahrer gehört, der sie hergebracht hat. Emmaline befand sich in einem anderen Teil der Bäckerei, als die Bomben fielen. Es war mitten in der Nacht - wir wissen ja, dass sie schlafwandelt. Sie muss mit angehört haben, wie ihre Familie gegen die Türen schlug, konnte aber durch den Schutt nicht zu ihnen gelangen. Sie hatte schwere Brandverletzungen.«

Mein Herz flattert.

Nein, möchte ich zu ihnen sagen, denn sie haben unrecht. Das war nicht mein Vater. Das war nicht meine Mutter. Das war nicht Marjorie - sie war ja gestern erst hier, in ihrem gelben Regenmantel! Es waren die Pferde, die gegen die Wände ihrer Boxen getreten haben. Der große kastanienbraune Wallach und die zwei kleineren Stuten. Spice, Ginger und Nutmeg.

Wieder raschelt Papier. »Vermutlich sind auch die Pferde umgekommen.«

»Pferde?« Schwester Constance öffnet die Tür und schließt sie dann hinter sich, aber von der anderen Seite ist ihre Stimme noch zu hören. »Was für Pferde? Die Bäckerei ihrer Familie lag mitten in Nottingham, weit weg von jeder Pferdekoppel. Sie hatten keine Pferde.«

Das Stillwasser steigt. Es steigt und steigt und ertränkt alles, was es erreichen kann. Ich höre, wie die Pferde in ihren Boxen ausschlagen. Ihr panisches Wiehern klingt fast wie das Schreien von Menschen. Die Stalltür erbebt unter ihren Hufen, aber ich erreiche sie nicht, kann sie nicht frei lassen.

Ich kann ihnen nicht helfen.

Ich kann nichts für sie tun.

Als ich die Augen öffne, bin ich allein. Der Tee ist längst kalt.

Ich stoße ein schluchzendes Husten aus. Das Stillwasser steigt immer weiter.

Mein Kopf rollt zur Seite. Mein Spiegelbild in Thomas' kleinem Spiegel zeigt mir fiebrig rote Wangen und schweißnasse Haarstoppeln. Ich nehme ihn in die Hand. Wo sind die geflügelten Pferde? Warum schnobern sie nicht an meinem Tee auf dem Nachttisch? Warum höre ich ihre Hufe nicht gegen die Wand hinter mir poltern?

Für Emmaline May
von Deinem Freund Thomas.

Die Handschrift ist eckig und sorgfältig und kommt mir irgendwie bekannt vor. Aber ... nein, es kann nicht die von Thomas gewesen sein. Thomas kann ja nicht schreiben. Der Anhänger ist am Spiegel befestigt mit einem ...

Ruckartig setze ich mich auf.

Nein, nein, nein.

... Er ist befestigt mit einem seidigen roten Band.

Draußen in der Dunkelheit höre ich das Rumpeln von Reifen. Scheinwerfer leuchten ins Fenster. Das muss Thomas' Tante sein, die ihn nach London bringt.

»Nein!« Ich schlage die Bettdecke zurück. Nein, das Stillwasser hat mich noch nicht ertränkt. Nein, Thomas ist noch nicht fort. Nein, nein, nein.

Benny darf nicht recht behalten.

Den Herrn der Pferde gibt es wirklich. Er lebt jenseits der Spiegel; er war mit der alten Prinzessin befreundet und hat Foxfire in unsere Welt geschickt, damit sie in Sicherheit ist.

Thomas kann diese Briefe nicht geschrieben haben.

37. Kapitel

Die Standuhr in der Diele schlägt. Ich komme mit dem Zählen nicht nach, aber es sind viele Schläge - es ist spät. Ich schleiche mich langsam durch die Diele des Wohnbereichs und suche dabei Halt an der Wand. Alle Türen sind geschlossen. Die sanften Geräusche schlafender Kinder dringen durch die Ritzen. Die Spiegel an der Wand sind leer. Keine geflügelten Pferde, die meine Reise verfolgen.

Als ich an einem Fenster vorbeikomme, schlage ich die Wolldecke zurück. Draußen im Scheinwerferkegel eines Wagens redet eine Frau im braunen Mantel mit Schwester Constance. Es schneit jetzt heftiger, und die Scheibenwischer kämpfen einen aussichtslosen Kampf. Den Mond über mir kann ich nicht länger sehen, aber er ist da und bescheint alles mit seinem Silberlicht. Schwester Mary Grace hält ein Seil, das sie an Bogs Halsband befestigt hat, damit er seinem Herrn nicht hinterherrennt, wenn das Auto wegfährt.

Thomas kommt mit einem schlichten kleinen Koffer aus seinem Cottage.

Ich drücke meine Hand gegen die mit Eisblumen übersäte Scheibe. »Noch nicht!«, rufe ich, aber meine Stimme ist zu schwach. Ich taumle durch die Diele zur Bibliothek, wo Mr Masons Weihnachtsbaum noch in der Ecke steht. Dann bearbeite ich die Verriegelung, bis sie nachgibt. Wind und Schnee heulen mir entgegen, aber ich heule zurück. Meine Finger umklammern den Türrahmen, und ich schaffe es, einen Fuß nach draußen zu setzen.

»Thomas!«

Bei dem Wind hört er mich nicht.

»Thomas, geh nicht fort!«

Mein anderer Fuß bleibt an der eiskalten Türschwelle hängen; ich strauchle und falle in einen Busch. Bog springt bellend hoch, ich höre einen Aufschrei, dann ist der Lichtkegel der Autoscheinwerfer genau auf mich gerichtet, so dass ich meine Augen abschirmen muss. Es schneit noch heftiger, und ich blinzle ins Licht.

Bog kommt, das Seil hinter sich herschleifend, angerannt und leckt mir das Gesicht. Augenblicke später fällt ein Schatten auf mich. Thomas. Er legt mir seinen Mantel um die Schultern, dann hebt er mich mit dem einen Arm hoch wie damals das Lamm. Sein Arm zittert nicht.

»Emmaline, was hast du hier draußen verloren?« Er trägt mich der Wärme des Hauses entgegen. »Noch fünf Minuten!«, ruft er der Frau im Wagen zu.

Während er die Stufen hinaufhastet, stechen Schneekristalle unsere Gesichter. Er setzt mich auf das Sofa der Prinzessin neben dem Weihnachtsbaum und reißt eine der Wolldecken für die Verdunklung herunter, mit der er mich zudeckt. »Warte. Lass mich Schwester Mary holen und -«

»Nein!« Ich kralle mich an seinem Arm fest. Mit der anderen Hand hole ich das Schildchen heraus. Es ist zerknittert und schweißnass. Ich strecke es ihm anschuldigend entgegen. »Du bist das, nicht wahr?«, brülle ich. »Du warst es die ganze Zeit über! Ich hätte auf Benny hören sollen. Du hast die Briefe geschrieben!«

Ein Licht erscheint im Türrahmen. Es ist Schwester Constance, die mit einer Laterne von draußen hereinkommt.

Thomas' Augen weiten sich.

»Du hast gesagt, du könntest nicht lesen und schreiben«, werfe ich ihm vor.

Er schüttelt den Kopf und streckt schützend die Hand aus, als könnte ich jeden Moment zerbrechen. »Das habe ich nicht gesagt. Das hast du falsch verstanden.«

»Du hast die Briefe geschrieben!«

»Nein, bitte -«

»Sag die Wahrheit!«

»Gut.« Seine Stimme klingt gequält. »Was soll ich denn deiner Meinung nach sagen? Ja, ich habe dich angelogen! Ist es das, was du hören willst? Ich habe die Briefe geschrieben.«

Fassungslos starre ich ihn an. Nein, nein, das ist nicht möglich.

Aber vielleicht habe ich ja zu viele Geheimnisse gehabt, sogar vor mir selbst.

Vielleicht sind Marjorie und ihr gelber Regenmantel für immer gegangen.

Vielleicht sind auch Mama und Papa gegangen.

Vielleicht gibt es die Bäckerei und unser Haus nicht mehr.

Und vielleicht ist das Stillwasser - die Tuberkulose - tatsächlich so schlimm, wie Dr. Turner sagt. Mein Atem geht rascher. Werde ich ... werde ich hier sterben? So wie Anna? So wie Mama und Papa und Marjorie? Ich presse meine Hand gegen die Brust, aber da ist kein Atem mehr. Ich bin leer.

»Es gibt keinen Herrn der Pferde«, schluchze ich. »Du hast ihn dir bloß ausgedacht. Und du hast auch nie die geflügelten Pferde in den Spiegeln gesehen.«

Er reißt die Augen auf. »Doch! Das war nicht gelogen. Ich habe sie gesehen. Ich schwöre.«

»Lügner!«

Die linke Seite seines Gesichts ist verzerrt, als hätte er die Kontrolle darüber verloren. Er fährt sich mit der Hand über den Mund, knetet die Haut an der Nasenwurzel. »Ich bin kein Lügner.« Er sieht über meine Schulter zu Schwester Constance hinüber. Dann wendet er sich wieder mir zu, sein Blick ist entschlossen, seine Miene ernst. »Es gibt da etwas, das ich dir nicht gesagt habe. Ja, ich habe diese

Briefe geschrieben, aber ich habe das alles nicht erfunden.« Er legt seine Hand auf meine. »Emmaline. Ich bin der Herr der Pferde.«

Ich höre auf zu weinen. Die Uhr in der Diele tickt. Hinter uns flackert Schwester Constances Laterne.

Thomas' Augen sind so grün. Thomas, der Herr der Pferde? Thomas, der Rüben schaufelt und einem alten Collie Stöckchen wirft - der Herr der Pferde? Thomas, das Monster aus Bennys Geschichten - der Herr der Pferde?

Hinter seiner Schulter sehe ich den Spiegel über dem Kamin, er ist weiterhin leer.

»Ich glaube dir nicht.« Ich schüttle den Kopf, schüttle und schüttle. »Du lügst immer noch. Den Herrn der Pferde gibt es nicht. Geflügelte Pferde gibt es nicht, und es hat sie auch nie gegeben!«

Sein Gesicht zuckt im flackernden Licht. Schwester Constance hat eine Hand an den Mund gepresst, in der anderen baumelt die Laterne. In meinem Hals steigt eine schweflige Blase auf. Das Stillwasser schlägt zurück.

Thomas hat die Hand an die Wange gelegt und schüttelt ebenfalls den Kopf. Dann schaut er plötzlich auf. Seine Augen sind nicht mehr traurig. »Ich kann es beweisen! Warte.«

Er steht vom Boden auf und rennt an Schwester Constance vorbei in die Diele. Das Trappeln seiner Stiefel hallt den langen Korridor entlang. Dann das Knallen der Küchentür. Draußen beginnt Bog zu bellen. Die Flocken fallen immer dichter. Der Motor des wartenden Autos schnurrt, die Scheibenwischer gehen hin und her, hin und her.

Darf ich euch ein Geheimnis anvertrauen?

Ich möchte Thomas nur zu gern glauben.

Ich möchte an den Herrn der Pferde glauben. Ich möchte glauben, dass Foxfire im Sonnenuhrgarten sicher ist, dass Anna Flügel gewachsen sind und die geflügelten Pferde weiterhin in den Spiegeln wohnen und dass es Volkrig, dem unheimlichen Volkrig, für immer versagt ist, an diesen geschützten Ort zu gelangen.

Wieder knallt die Küchentür. Thomas kommt angerannt, Schneeflocken glitzern in seinem Haar, an seinen Wimpern und auf den Schultern seines Mantels. Er lässt sich auf ein Knie nieder und reicht mir ein hölzernes Kästchen.

Es ist schön, dieses Kästchen. Die Oberfläche ist glänzend poliert. In den Deckel ist ein herrschaftliches Wappen eingeschnitzt, wie es einem König oder Prinzen gebührt - oder einem Herrn und Gebieter.

Thomas klappt es auf und überreicht mir eine silberne Medaille an einem makellosen roten Band.

Langsam fahre ich mit dem Finger darüber, die Augen groß vor Staunen.

Die Medaille zeigt ein sich aufbäumendes Pferd. Aus seinen Schultern wachsen Flügel, es ist zum Abflug bereit. Auf seinem Rücken sitzt ein Reiter mit prachtvoller Krone und Cape.

Mir bleibt vor Verwunderung der Mund offen.

»Du meinst ...«

»Das sind kostbarere Schätze aus meinem Land hinter den Spiegeln«, sagt er. »Ich habe sie mit herübergebracht.«

Staunend betrachte ich die Schätze. Sie sehen aus wie Tapferkeitsmedaillen, aber diese hier ist anders. Etwas Besonderes, das sehe ich sofort. Auf vielen sind Pferde abgebildet, manche mit Flügeln, manche ohne. Manche mit Reiter, manche allein. Ihre metallenen Muskeln stemmen sich gegen einen unsichtbaren Sturm. Jedes Band hat eine andere Regenbogenfarbe: Lila und Rot und Blau wie das tiefe Meer.

Und da sind noch mehr Schätze. Zum Beispiel ein goldener Ring, der fast zu groß ist für Thomas, zwei große Smaragde und eine goldene Taschenuhr. Alles erstrahlt in poliertem Silber oder Gold. So etwas Kostbares habe ich noch nie gesehen. Der Schatz des Herrn der Pferde schimmert im Licht der Laterne.

Kann es wahr sein?

Ist alles, was er gesagt hat, wirklich wahr?

Thomas schließt die Schatulle. Auf dem Deckel, um das Wappen herum, erkenne ich eine Inschrift:

Utrinque Paratus. Bellerophon et Pegasus

Das muss die Sprache vom Land hinter den Spiegeln sein.

»Glaubst du mir jetzt?«, flüstert Thomas.

Ich halte mir die Hand vor den Mund. Ich möchte das Stillwasser unterdrücken. Ich möchte meine Stimme unterdrücken, ich möchte alles unterdrücken, was herauswill, doch die Tränen fließen trotzdem. »Aber ... warum hast du mir das nicht gesagt?«

Draußen hupt der Wagen. Thomas wirft einen Blick über die Schulter.

»Ja, das hätte ich tun sollen«, sagt er rasch. Ich habe es zuvor nie bemerkt, aber sein gelocktes Haar gleicht nicht dem eines wilden Tieres, es ist dafür geschaffen, eine Krone zu tragen. »Es musste ein Geheimnis bleiben. Eigentlich sollte ich gar nicht in dieser Welt leben, aber ich hatte keine andere Wahl, verstehst du? Ich bin wie Foxfire. Verwundet. Aber meine Wunde ist tief innen. Auch ich bin vor dem Schwarzen Pferd auf der Flucht, die ganze Zeit schon. Du hast uns beide beschützt.«

Mir klappt der Kiefer herunter.

Er streckt die Hand aus und berührt meine Wange. Der Wagen hupt erneut, und da fällt mir wieder ein, dass sein Vater gestorben ist. Die Beisetzung in London.

Hat sein Vater gewusst, wer Thomas wirklich ist?

»Ich muss gehen.« Thomas steht auf. »Danke, Emmaline. Und ... Gehabe dich wohl.«

Die Schätze aus seiner Welt nimmt er mit. Das Letzte,

was ich sehe, ist das königliche Wappen auf dem Deckel des Kästchens, das im Licht funkelt.

Schwester Constance hat die Hände an die Brust geschlagen, sie kämpft mit den Tränen.

»Komm, mein Kind.« Sie räuspert sich. »Ab ins Bett. In Annas Zimmer. Schwester Mary Grace hat ein Feuer im Kamin gemacht.«

Ein Feuer? Wozu? Ich brenne doch innerlich. Schnee und Eis können mir jetzt nichts mehr anhaben. Und dann wird mir klar, dass Papa, Mama und Marjorie nicht wirklich gegangen sind - vielleicht sind sie ja in der Welt hinter den Spiegeln, zusammen mit Anna und dem Vater vom Herrn der Pferde. Dort breiten sie die Schwingen aus und bäumen sich im Sonnenschein.

Ich spüre Schwester Constances Hand auf der Schulter, dann fühlt sie meine Stirn.

Ich stehe in Flammen.

38. Kapitel

Wie seltsam, in Annas Zimmer zu sein ohne Anna. Die Decke ist nicht mehr so mollig warm. Es riecht nicht mehr nach Lavendel.

Schwester Constance träufelt mir Medizin in den Hals, fühlt noch einmal meine Stirn und seufzt. Ihr Blick wandert zu Christus am Kreuz, der über dem Bett hängt. Sie bekreuzigt sich. Dann schaut sie zu den schwebenden Göttern an der Decke und - ich kann es kaum glauben - flüstert auch zu ihnen ein Gebet hinauf.

»Damit kannst du klingeln, wenn du mich brauchst.« Sie drückt mir eine Glocke in die Hand. »Gleich morgen früh kommt Dr. Turner.«

Sobald sie weg ist, wälze ich mich zu Annas Schreibtisch mit dem Geheimfach hinüber. Vielleicht ist ja einer der zerbrochenen Stifte noch so weit intakt, dass ich damit die Medaille des Herrn der Pferde aufzeichnen kann. Das geflügelte Pferd mit dem Reiter. Meine Finger ertasten den Hebel, und die Schublade springt auf. Ich finde den Farbkasten mit den klappernden Bruchstücken da, wo ich ihn hingelegt habe. Und das Papier. Und ...

Meine Hand hält inne.

Nein.

Nein, das kann nicht sein.

Aus seinem Versteck unter dem Papier grinst Popeye mich an. Bennys Comic. Mein Herz trommelt in der Brust und droht, das Stillwasser in Wallung zu bringen. Aber Thomas hatte es mir doch versprochen! Ich habe draußen seinen Schatten neben Bog gesehen ...

Dann bemerke ich, dass Annas Naturkundebuch mit den Eselsohren verschwunden ist, und begreife: Thomas hat sein Versprechen gehalten, aber er hat das Falsche genommen.

Draußen heult der Wind. Die Kälte kriecht durch die Ritzen im Fensterrahmen und bläht die schwere Wolldecke, deren Ecke noch immer zurückgeschlagen ist. Vor dem Fenster steht eine Wand aus wirbelndem Schnee. Eine Bewegung im hellen Mondlicht lässt mich erstarren.

Ein schwarzer Schatten.

Ich werfe die Bettdecke zurück und schleppe mich zum anderen Fenster. Das Auto ist weg. Thomas ist weg. Ich will zur Tür, aber meine Beine gehorchen mir nicht. Ich sinke auf den rußigen, alten Teppich, der Staub reizt mich zum Husten.

Da draußen ist Volkrig, und jetzt bei Vollmond kann er alles sehen. Er kann Foxfire sehen!

Meine Hand greift nach der Glocke - ich werde nach Schwester Constance klingeln. Doch nein, sie wird mich nur zurück ins Bett schicken. Ich könnte hinaus in die Diele kriechen - das Zimmer der drei Mäuschen liegt neben dem von Anna -, aber ihnen habe ich bereits von den geflügelten Pferden erzählt. Sie glauben mir nicht.

Ich drücke das Comicheft fest an mich, so fest, dass meine Lungen schmerzen. Dann wende ich mich zur Tür.

Niemand außer mir kann sie retten.

Ich lege mir Annas Mantel um und ziehe mit zitternden Händen ihre Hausschuhe an. Ich schiebe das Heft in die Innentasche des Mantels, dicht an meine Brust. Und ich denke daran, wie allein Foxfire da draußen ist. Sie muss außer sich sein vor Angst.

Und wenn es schon zu spät ist?

Meine Hand gleitet vom Türknauf ab. Ich schwitze zu sehr, aber schließlich schaffe ich es nach draußen, durch die Diele und die Haustür. Schneeflocken wirbeln mir ins Gesicht, ich kann sie sogar auf der Kopfhaut spüren. Ich ziehe den Mantel fester um mich und trete hinaus in den Schnee. In nur wenigen Stunden hat sich eine dicke Schneedecke gebildet.

Die Nacht ist so schwarz, ich kann nur wenige Meter weit sehen: Schnee und Dunkelheit. Der Sonnenuhrgarten könnte ebenso gut mitten in Berlin liegen.

Ich robbe durch den Schnee, der durch mein Nachthemd dringt. Meine Socken, das Hemd und Annas Mantel, alles ist klamm und nass. Ich krieche weiter. Meine Finger sind rot. Ich wusste nicht, dass Kälte auch brennen kann. Ich robbe durch Schützengräben aus Schnee. Die Haut in meinem Gesicht ist straff gespannt, meine Nase gefühllos. Geschosse aus Eis treffen mich. Aber ich krieche weiter, bis sich die Wand aus Efeu in der Dunkelheit abzeichnet. Mit schmerzenden, bloßen Händen greife ich nach den verschlungenen Ranken und ziehe mich hoch. Ich klettere. Höher. Immer höher. Der Wind versucht, mich zurück an den Boden zu drücken. Efeuranken wickeln sich um meine nackten Knöchel, aber ich trete nach ihnen und schwinge ein Bein über die Mauer. Dann verlässt mich die Kraft, das Stillwasser überschwemmt mich und ich falle und falle und falle.

39. Kapitel

Etwas Warmes schnuppert an meiner Nase.

Ich blinzle. Der Himmel ist übersät mit Tausenden von Sternschnuppen, sie flitzen hin und her wie Irrlichter, wie die winzigen leuchtenden Wesen, von denen Anna mir erzählt hat. Es sind zu viele, um sich bei jeder etwas zu wünschen. Ich schlafe in einer weichen Wolke, so weich, dass ich für immer hier liegen möchte.

Und dann schieben sich tiefbraune Augen, ein warmes graues Maul und eine Blesse in Form einer Flamme in mein Blickfeld.

»Foxfire!«

In einer Schneewehe setze ich mich auf, inmitten von wirbelnden Flocken, die gar keine Sternschnuppen sind. Ich schlinge ihr die Arme um den Hals. Sie riecht nach Äpfeln. Ich streichle sie mit zitternden Fingern und weine vor Erleichterung, dass sie noch da ist.

»Ich hatte solche Angst um dich.« Mit etwas Abstand blicke ich in ihre Augen. »Ich -«

Über uns huscht ein Schatten vorbei, und wir blicken beide auf.

Ein dunkler Fleck schwebt unter den Wolken, unglaublich hoch und in exakten Kreisen. Ich ziehe die Luft ein und wage nicht auszuatmen. Meine Finger schließen sich um Foxfires Maul, während wir dem Schatten mit den Augen folgen.

Ein Schlag von Volkrigs schwarzen Schwingen, und er macht einen scharfen Schwenk auf uns zu. Die Spirale wird enger und enger, bis er direkt über dem Sonnenuhrgarten ist.

»Er hat uns gesehen!«

Ich taste nach dem Comicheft und falle auf die Knie. Foxfire schnobert an meinem Hals und Rücken, als suchte sie nach einer Verletzung, aber sie wird keine finden. Meine Wunden sitzen tiefer.

Volkrigs Schatten schwebt über uns.

Und dann stößt Foxfire ein Schnauben aus. Einen schmerzlichen Augenblick lang glaube ich, eine von Volkrigs schwarzen Federn habe sie geschnitten wie in meinem Traum von Papa. Aber nein. Ihre Augen sind wachsam, die Ohren vorgestreckt. Sie beugt den Kopf, dann ein Knie, dann noch eins und schließlich sinkt ihr Rumpf in den Schnee. Sie sieht mich über die Schulter hinweg auffordernd an.

Mir stockt der Atem.

Wenn ich nicht gehen kann, wird sie mich eben tragen.

Mit tauben Fingern kralle ich mich in der Mähne fest. Mit letzter Kraft ziehe ich mich hinauf, bis ich halb auf ihrem Rücken liege. Langsam erhebt sie sich, eine ruckende Bewegung nach der anderen.

»Zur Mauer da drüben«, flüstere ich. »Zum Schutzschild.«

Sie fällt in raschen Schritt; sie weiß genau wie ich, dass Volkrig über uns kreist. Plötzlich zerreißt ein schriller Schrei die Nacht. Kein Falke ist so laut, kein Eulenruf so hasserfüllt. Eine Veränderung im Luftdruck ist spürbar. Der Schnee wirbelt in die falsche Richtung, von uns weg. Stattdessen regnen schwarze Federn auf uns nieder. Dutzende, so lang wie mein Arm und so scharf wie Klingen. Sie ritzen meine Haut, und ich schreie auf.

Als ich aufblicke, ist Volkrig drei Meter über uns.

»Nein!«

Die Rettung ist so nah. Der Schutzschild beinahe vollständig. Während Foxfire sich der Mauer nähert, strecke ich die Hand mit dem Comic aus. Fast. Noch zehn Zentimeter. Noch fünf. So nah -

Foxfire stößt ein grauenvolles Wiehern aus, als die Federn in ihr Fleisch schneiden. Ihre Hinterhand spannt sich, und ich weiß, dass sie jeden Moment lospreschen wird. Aber das Tor ist verschlossen. Diesmal gibt es keinen Ausweg.

Ich strecke mich so weit wie möglich. Nur noch wenige Zentimeter!

Doch dann senkt sich der Schatten herab. Das Schlagen

seiner Schwingen ist ohrenbetäubend. Ein mitternachtsschwarzer Huf, so groß wie mein Kopf, tritt nach meinem Arm, ich schreie auf. Das Comicheft fällt zu Boden und landet auf der Vorderseite. Der orangenen Seite.

Nein!

Ich lehne mich vor, so weit es geht, kann das Heft aber unmöglich erreichen. Wieder schlägt Volkrig aus, und ein Gestank nach Verwesung, nach fauligem Seetang steigt mir in die Nase. Wieder zerreißt ein schmerzerfülltes Wiehern den Himmel.

Es gibt keinen Ausweg.

Foxfire bäumt sich auf. Schreiend presse ich ihr die Schenkel in die Seiten, um nicht abzurutschen. Volkrigs sechs Meter lange Schwingen wirbeln den Schnee um uns auf. Als ich einen Blick riskiere, sehe ich Mitternachtshufe, messerscharf und stark wie Knüppel, durch die Luft sausen. Geblähte Nüstern schimmern rot.

Doch seine Augen, sie sind nicht grausam.

Er hat seinen Platz, denke ich. *Er tut, wozu er geschaffen ist.* Foxfires Muskeln spannen sich unter mir, mein Herz krampft sich zusammen. Vielleicht ist das nicht seine Schuld. Man kann ihn nicht dafür verantwortlich machen. Dennoch kämpfen wir. Und wir werden weiterkämpfen bis zum bitteren Ende.

»Los!«, rufe ich.

Foxfire braucht keine Aufforderung. Halt suchend presse

ich ihr meine nackten Knöchel in die Seiten. Sie rast durch das Labyrinth der Gärten, dass der Schnee unter den Hufen aufspritzt. Volkrigs Schatten folgt uns. Foxfire biegt scharf in den Kräutergarten ab, dann in den Park mit den Statuen. Jedes Tor ist verschlossen, jede Mauer zu hoch. Der Schatten ist uns auf den Fersen. Der Geruch nach Meer und Verwesung ist jetzt ganz nah. Volkrigs Schwingen schlagen heftiger. Das Knirschen seiner Mitternachtshufe ist unmittelbar hinter uns. Mein Nachthemd ist zerfetzt, die Haut an meiner Schulter eingerissen, aber ich lasse Foxfires Mähne nicht los.

Es muss einen Ausweg aus den Gärten geben.

Es muss.

Ich werde nicht aufgeben.

Meine Fersen bohren sich in ihre Flanken, und Foxfire umrundet ein Bassin mit einer Apollostatue in der Mitte. Hinter uns kracht es. Volkrigs Hufe sind mit der Statue kollidiert und haben ihr den Kopf abgeschlagen. Wir erreichen das Ende des Gartens, und ich lenke Foxfire nach rechts in den Rosengarten. Er ist kleiner. Völlig überwuchert. Spitze Dornenranken fassen nach uns, aber sie setzen auch Volkrig zu und verlangsamen ihn. Plötzlich endet der Tunnel aus winterlich kahlen Rosen, und wir sehen uns einer weißen Fläche gegenüber, flankiert von dürren Azaleenbüschen. Über uns ist nichts. Kein Spalier, keine wuchernden Ranken.

Nur Schnee und dieser unheimliche Schatten.

Furcht senkt sich in meine Brust. Ist das das Ende?

Doch Foxfire rast weiter. Mit den Hacken will ich sie nach links, zurück in den Sonnenuhrgarten lenken, aber sie ignoriert mich. Ihr Kopf ist gesenkt, und die Mähne peitscht mein Gesicht. Ihre Muskeln sind wie Eis und Stahl. Und dann rumpelt etwas neben meinem Knie.

Ich stöhne auf.

Die Hufe trommeln ein letztes Mal auf die Erde, dann macht sie einen Satz in die Nacht hinaus. Zu beiden Seiten schwingen sechs Meter lange Flügel aus. Ich kralle mich an der Mähne fest, schlinge die Beine fester um ihren Bauch, und mein Herz bleibt fast stehen vor Aufregung. Sie ist geheilt! Endlich ist sie geheilt! Der Wind zischt an uns vorbei. Er zerrt an meinen Haaren, drückt ihre Schwingen nach oben, lässt uns abheben.

Wir.

Fliegen.

40. Kapitel

Ich vergesse Volkrig. Ich vergesse das Stillwasser und den eisigen Wind.

Foxfires Körper unter mir ist so lebendig. Das Schlagen ihrer weißen Schwingen klingt wie Donner. Die Muskeln an ihren Schultern spannen sich, während sie von Wolke zu Wolke springt, jede höher als die vorige.

Benommen schaue ich hinunter in den überwucherten Garten. Wir fliegen über die kahlen Rosenranken mit ihren scharfen Dornen. Über den kaputten Springbrunnen und den hungrigen Efeu. Wir fliegen über das Dach des Krankenhauses. Wir fliegen über den Schutzschild aus Farben, unvollständig ohne das Comicheft, aber das ist egal. Wir sind jetzt selbst ein Prisma aus Licht.

Ich drücke die Hand gegen meine Brust, aber hier oben ist die Luft so klar, dass ich keinen Hustenreiz spüre. Ich kann Luft in meine Lungen ziehen, und da ist kein trübes Stillwasser, nicht ein Tropfen. Als ich das nächste Mal hinabschaue, fliegen wir hoch über Volkrig.

Das Schwarze Pferd ist nur noch Erinnerung.

Foxfire schlägt mit den Flügeln und schwingt sich noch höher hinauf. Ich möchte hinauf, hinauf zum Himmel.

41. Kapitel

Ich frage mich, ob Marjories Vogel mit dem gebrochenen Flügel es jemals so weit hinauf geschafft hat.

Ich frage mich, ob je ein Lebewesen es so weit hinauf geschafft hat. Bin ich im Reich der schwebenden Götter?

42. Kapitel

Darf ich euch ein Geheimnis anvertrauen?

Ich weiß jetzt, warum der Herr der Pferde in unsere Welt kam, sich Thomas nannte und in einem kleinen Cottage wohnte. Weil unsere Welt, die sich dort unten erstreckt - die Hügel und Bäume und die Sonne, die auf die Dächer brennt -, mehr ist als nur braun und grau. Es gibt dort Farbe. Grün und Rot und das Blau des tiefen Meers.

Man muss nur wissen, wo man sie findet.

43. Kapitel

Beim Erwachen starre ich auf weiße Wolken.

Ich brauche einen Moment, um zu begreifen, dass es das Gemälde an der Decke von Annas Zimmer ist. In meinem Kopf ist ein dumpfer Schmerz, und mein Hals ist ganz trocken, aber mir ist warm.

Ich setze mich auf.

Durch die offenen Fenster weht frische Luft herein.

Ein Tablett mit dampfendem Tee steht auf dem Nachttisch. Neben der Silberglocke, mit der ich nach den Schwestern klingeln kann. Und eine nagelneue Flasche mit zähflüssiger, gelber Arznei. Dr. Turner muss dagewesen sein.

Der kleine Arthur sitzt am Fußende meines Bettes. Er beugt sich über einen Fächer aus losen Blättern und malt still vor sich hin. Annas zerbrochene Stifte liegen auf der Bettdecke verstreut, und er versucht vergeblich, den Stummel eines blauen Stifts zu benutzen.

Ich schaue aus dem Fenster. Wie viele Tage bin ich nun schon hier? Das Letzte, woran ich mich erinnern kann, sind Foxfires Schwingen, die durch die Luft rauschen, während die aufgehende Sonne die Landschaft in alle Schattierungen von Rosa und Lila taucht. Und die Sonne selbst war so herrlich; ein sanftes Gelb, das Gelb von Butter, die auf einer Scheibe Toast neben einem Becher mit Tee zu schmelzen beginnt.

Toast.

Ich bin völlig ausgehungert.

Ich atme tief ein, erprobe vorsichtig meine Lungen. Ich nehme einen Bissen, und der Toast rutscht den entzündeten Hals hinunter. Der kratzende Schmerz hat nachgelassen. Ich fühle mich besser.

Mein Blick wandert zur geöffneten Tür.

Die rote Karte ist verschwunden.

Dann wende ich mich Arthur zu. »Was ist passiert?« Mein schmerzender Körper sagt mir, dass ich von Foxfire gerutscht und auf den Boden gefallen bin. »Haben die Schwestern mich in einer Schneewehe gefunden?«

Doch Arthur spricht nie, auch jetzt nicht.

Eine sonderbare Unruhe erfasst mich, ich starre in den Wandspiegel. Er ist leer. Ich nehme den Handspiegel, den Thomas mir geschenkt hat: auch leer. Ebenso der über der Kommode. Selbst der Teelöffel wirft nur mein eigenes verzerrtes Spiegelbild zurück.

Nichts.

Wo sind die geflügelten Pferde?

Wo sind sie hin?

Als ich mich auf die andere Seite drehe, raschelt Papier unter mir. Ich ziehe einen Packen unordentliche Seiten hervor, die jemand neben mich gelegt hat. Der Popeye-Comic! Zuletzt habe ich ihn gesehen, als er in den Schnee gefallen war. Er ist zerknittert und schmutzig, aber jemand muss ihn gefunden und die Seiten zu glätten versucht haben. Ein Zettel mit Bennys Handschrift fällt heraus.

Es tut mir leid, dass ich Deine Stifte zerbrochen habe. Hoffentlich geht es Dir bald wieder besser. Ich verzeihe Dir, dass Du meinen Comic gestohlen hast. Du kannst ihn ausleihen, wenn Du möchtest.

Mit freundlichen Grüßen
Benny

(PS: - aber nur, bis es Dir bessergeht!)

Ich starre den Zettel an.

Benny teilt seinen kostbarsten Besitz mit mir.

Bin ich in einer anderen, sanfteren Welt gelandet? Benommen sehe ich mich um, doch an der Decke schweben dieselben Götter, am Fenster hängt dieselbe Wolldecke.

Und dann seufzt Arthur über dem kaputten blauen Stift, der nicht malen will, und mir wird klar, dass ich etwas Magisches vollbracht habe. Auf dem Rücken eines fliegenden Pferdes war ich im Himmel - ich bin eine echte Entdeckerin, genau wie Anna gesagt hat.

Da kommt mir ein Gedanke. Ich hole Annas Taschenmesser aus dem Geheimfach und greife nach dem nächstbesten Stift, dem orangenen. Er ist in zwei Teile zerbrochen und hat keine Spitze mehr. Ich presse die Klinge an eine der Hälften und schnitze. Ich schnitze so lange, bis eine Spitze entsteht, so akkurat, wie sie bei Anna immer war. Dann spitze ich auch die andere Hälfte.

Jetzt habe ich zwei orangefarbene Stifte.

Einen reiche ich Arthur.

»Du kannst ihn ausleihen, wenn du möchtest.«

Arthur blinzelt ein paarmal, dann nimmt er den Stift und vertieft sich wieder in seine Zeichnung. Hektisch sammle ich die Stummel zusammen. Ich spitze 868-LAPISLAZULI-BLAU und die Reste von 876-HELIOTROP-LILA, bis alle wieder heil sind. Jetzt sind es genug für Arthur und mich und alle anderen Kinder im Krankenhaus.

Dann sehe ich mir Arthurs Zeichnung genauer an. Sie ist grob und kindlich. Die Hinterbeine sind in die falsche Richtung gebogen, aber die Flügel ...

»Kann ich mal sehen, Arthur?«

Er reicht mir das Blatt; er sieht zu dem Spiegel an Annas Wand hinüber und beginnt sofort mit einer neuen Zeichnung. Zu meiner Linken, wo ich den Handspiegel von Thomas hingelegt habe, bewegt sich etwas.

Ich drehe den Kopf, und da ist sie.

Foxfire.

Sie steht ruhig neben dem Bett im Spiegel und blickt ein wenig sehnsüchtig zum Spiegel-Fenster hinüber, wo die Wolldecke zurückgeschlagen ist, um Licht einzulassen. An ihrem Maul entdecke ich Spuren von meinem Tee.

»Foxfire!«

Sie dreht sich um, sie muss mich gehört haben. Diesmal ist meine Stimme tatsächlich durch den Spiegel gedrungen. Sie blinzelt mir mit ihren sanften braunen Augen zu.

Ein anderes Pferd gesellt sich zu ihr. Eine zierliche braune Stute, die einen Duft nach Lavendel verbreitet. Ich bin ganz sicher. Und neben ihr - neben ihr sind ein Wallach und zwei Stuten. Sandfarben mit dunklen Mähnen.

»Ich wusste, dass ihr zurückkommen würdet«, rufe ich ihnen zu.

Arthur schaut jetzt auch in den Spiegel. Ich betrachte seine Zeichnung genauer. Sie zeigt ein weißes Pferd mit grauem Maul. Zwischen den Augen hat es eine Blesse in Form einer Flamme.

Mein Herz macht *bumm-bumm.*

Und mit einem Mal fällt mir auf, dass Arthur immer auf glänzende Gegenstände starrt - den Suppenschöpfer, die Waschschüssel aus Zinn, die Christbaumkugeln -, und mir wird klar, dass nicht nur Thomas und ich die Pferde sehen.

»Arthur«, sage ich langsam, »siehst du die Pferde in den Spiegeln?«

Aber Arthur antwortet nicht.

»Du siehst sie, nicht wahr?«

Auch diesmal schweigt Arthur.

Aber ganz allmählich breitet sich ein Lächeln auf seinen rosigen, rosigen Wangen aus.

Nachwort

Der erste Funke einer Idee für *Die Geheimnisse von Briar Hill* kam mir während einer Fahrt zu einer Bibliothekarskonferenz quer durch meinen Heimatstaat North Carolina. Mein Autoradio war kaputt, und für wenige kostbare Stunden war ich mit mir und der Stille allein. Während ich an Farmen und Pferden vorbeifuhr, wanderten meine Gedanken zu den Büchern, die mich als Kind tief beeindruckt haben. *Der geheime Garten* und die Chroniken von Narnia habe ich verschlungen. Es sind Bücher, die Wirklichkeit mit Traum, Geschichte mit Phantasie und Dunkelheit mit Herz verweben und die - das ist das Wichtigste - voller Magie sind. Ich begann, mir einen magischen Ort vorzustellen, und als ich an meinem Ziel ankam, war mir Emmaline bereits so vertraut wie die eigene Schwester.

Die Arbeit an dem Buch begann mit Recherchen zu Kinderkrankheiten und zum Zweiten Weltkrieg, aber plötzlich bekam das Ganze eine persönliche Note. Mein Großvater war einige Jahre zuvor gestorben, und während der Arbeit an dem Buch fand ich ein Konvolut mit Papieren und Erinnerungen an seinen Kriegsdienst in der amerikanischen Luftwaffe. Im Alter von achtzehn Jahren wurde er mit seinem Flugzeug über Italien abgeschossen und kam in ein deutsches Gefangenenlager, aus dem er zum Glück ein Jahr später entlassen wurde. Zwischen dem grimmigen Mann in schwarzweiß gestreifter Sträflingskleidung auf dem Foto und dem warmherzigen, liebevollen Mann, den ich kannte, bestand ein himmelweiter Unterschied. Mein Großvater hat eine Farm geführt und eine Familie versorgt. Er angelte gern und liebte hausgemachten Apfelkuchen. Unter seinen Papieren fand ich einen Brief, in dem er über die Notwendigkeit schreibt, auch in den dunkeln Zeiten des Krieges nach Schönheit zu suchen. Das hinterließ bei mir einen nachhaltigen Eindruck. Diese Botschaft, so beschloss ich, sollte in meiner Geschichte von jemandem übermittelt werden, der zwar klein und allein ist, aber dennoch die seltene Gabe besitzt, solche Schönheit zu entdecken.

Um mich mit der Atmosphäre der Kriegszeit in England, wo Emmaline lebte, vertraut zu machen, vertiefte ich mich in das *WW2 People's War*-Projekt der BBC, ein unermesslicher Schatz von Berichten aus erster Hand von Soldaten, Krankenschwestern, Zivilisten und Kindern. Ich las von einem Arzt, der für die Behandlung von tuberkulosekranken Kindern einen Farbcode entwickelt hatte, so wie Dr. Turner. Ich las von einer Krankenschwester, die sich in einen schwerkranken Soldaten verliebte, den sie niemals küssen durfte - ganz wie Anna. Ich informierte mich über Tuberkulose und sah plötzlich eine Parallele zwischen den

Schlachten der erwachsenen Soldaten und dem Kampf der Kinder gegen ihre Krankheit.

Vielleicht interessiert es meine Leser, welche anderen Teile des Buches auf historischen Fakten beruhen. Das Krankenhaus Briar Hill ist erfunden, aber es gab während des Krieges mehrere Kinderkrankenhäuser und Sanatorien für Kinder mit Tuberkulose. Manchmal durften ihre Eltern sie besuchen, doch um Ansteckung zu vermeiden, waren sie oft durch Glasscheiben voneinander getrennt. Wegen der Enge und schlechten Versorgung hatte sich die Krankheit während der Kriegsjahre ausbreiten können, doch dank des medizinischen Fortschritts war die Zahl der Fälle seit 1945 rückläufig (mit einem deutlichen Einbruch im Jahr 1950, als die Impfung entwickelt wurde). Aber obwohl Tuberkulose in den Vereinigten Staaten und Großbritannien heute so gut wie ausgerottet ist, ist ein Drittel der Weltbevölkerung mit dieser Krankheit infiziert.

Emmaline nennt Tuberkulose »Stillwasser«, in Anlehnung an das lateinische Sprichwort, dass stille Wasser tief sind. Damit soll gesagt sein, dass schweigsame Menschen oft ein tieferes Wesen besitzen. Für Emmaline bedeutet es, dass man Kinder für einfältig hält, wo sie oft schwere innere Kämpfe auszutragen haben, etwa Erkrankungen, die an der Oberfläche nicht sichtbar sind.

Wenn Emmaline beschreibt, wie die Leute aus den großen Städten in die Sicherheit der ländlichen Gegenden flüchteten, dann spricht sie von der Operation *Pied Piper*, die Teil einer großen Evakuierungsaktion in Großbritannien war, während der 3,5 Millionen Menschen umgesiedelt wurden. Nach Shropshire, der Gegend, wo Briar Hill liegt, wurden vor allem Kinder gebracht, weil es dort keine großen Städte oder Fabrikanlagen gab, die Ziel von Bombardierungen hätten werden können. Die Bäckerei von Emmalines Familie wurde durch das Gebäude der Co-op-Bäckerei in der Meadow Lane in Nottingham inspiriert, das bei den Luftangriffen auf Nottingham im Mai 1941 schwer getroffen wurde.

Thomas' Vater, Feldwebel Whatley, ist ebenfalls erfunden, doch sein Vorbild waren reale Kommandanten wie Generalleutnant Frederick Browning, Generalmajor John Campbell und Generalleutnant William Gott. Die Embleme auf den Tapferkeitsmedaillen und die Aufschriften *Utrinque Paratus* und *Bellerophon et Pegasus* gab es wirklich. Sie wurden von der British First Airborne-Division verliehen und auch Soldaten zugedacht, die das Training der Special Air Services (SAS) durchliefen. Das Emblem mit dem geflügelten Pferd und seinem Reiter wurde angeblich von Brownings Frau, der gefeierten Autorin Daphne du Maurier, entworfen (deren Bücher ich sehr schätze).

Viele Leser fragen mich, was genau mit Emmaline im Verlauf der Geschichte passiert. Manche denken, sie hat ihre Krankheit nicht überlebt und die letzten Kapitel schildern ihren Traum vom Frieden. Andere meinen, dass sie überlebt und in Briar Hill bleibt, um den anderen Kindern beizustehen. Darauf habe ich keine Antwort. Ebenso wenig wie auf die Frage, ob Thomas der Herr der Pferde ist oder ob es geflügelte Pferde wirklich gibt. Jedem Leser steht frei, zu glauben, was sie oder er möchte. Dennoch bin ich überzeugt, dass man Dunkelheit mit Hoffnung bekämpfen soll und dass ein Mädchen, egal wie klein es ist, seinen Traum verwirklichen kann.

Hochachtungsvoll
Megan Shepherd

Danksagung

Die Idee zu Emmalines Geschichte kam mir auf einer Reise, und das ist durchaus passend, denn die Arbeit an diesem Buch war selbst eine Reise, auf der ich die Unterstützung vieler Menschen erfahren habe.

In dem Moment, als Rebecca Weston mir ihren eigenen Schutzschild aus acht farbigen, magischen Objekten schickte, wusste ich, dass sie die Richtige sein würde, um dieses Buch herauszubringen. Während der gemeinsamen Arbeit war ich tief beeindruckt von ihrer Hingabe, ihrem tiefen Verständnis und ihrer Leidenschaft für zeitloses Geschichtenerzählen. Kurz gesagt, Rebecca, Du hast mich wieder an Magie glauben lassen.

Mein Agent Josh Adams von Adams Literary hat sich von Anfang an für dieses Buch engagiert. Sein Glaube an die Geschichte hat mir Vertrauen gegeben in einem Moment, in dem ich es dringend nötig hatte, und ich bin ihm dankbar für seine konsequente Unterstützung. Dank auch an A. Adams, der ersten jungen Leserin dieses Buches, für ihre Ratschläge und ihre Begeisterung.

Megan Miranda, Carrie Ryan und April Tucholke haben das Buch in einem frühen Stadium gelesen, und ich danke ihnen für ihre konstruktive Kritik und unschätzbare Freundschaft. Ferner gilt mein Dank meinem Freund James Ballantine, der seine Kenntnisse in britischer Militärgeschichte mit mir teilte, und meinem Schwiegervater Gene Shepherd für Hinweise auf medizinischem Gebiet.

Ich danke dem gesamten Team bei Delacorte Press und Random House, die sich für dieses Buch eingesetzt haben: Barbara Marcus, Beverly Horowitz, Judith Haut, Dominique Cimina, Anna Gjesteby, John Adamo, Kim Lauber, Melissa Zar, Nick Elliot, Laura Antonacci, Adrienne Waintraub, Lisa Nadel, Kate Gartner, Heather Kelly, Jenica Nasworthy, Colleen Fellingham, Tamar Schwartz, Alice Rahaeuser, Shameiza Ally, Susan Hecht, Kate Sullivan und Whitney Conyers. Nicht zuletzt gilt mein Dank Daniel Burgess für seine wunderbaren Illustrationen der Originalausgabe.

Es war mein Ehemann Jesse, der mich als Erster dazu ermutigt hat, an weiße Wände zu starren und mich in Tagträumen zu verlieren. Danke, dass Du an mich geglaubt hast.

Und wie immer geht ein besonderes Dankeschön an meine Leser. Wenn das Schreiben dieses Buches eine Reise war, dann wart Ihr das Ziel, und ich hoffe, meine Worte werden ein Zuhause in Euren Herzen finden.

Anklopfen auf eigene Gefahr!

Łukasz weiß gar nicht, wie ihm geschieht: Auf einmal taucht eine Frau bei ihm auf und behauptet, sie sei seine Tante. Und weil Łukasz' Mutter im Krankenhaus liegt, nimmt die Fremde ihn kurzerhand mit. Und so landet Łukasz in ihrer kleinen, ziemlich heruntergekommenen Pension auf dem Land. Ganz geheuer ist ihm nicht bei der ganzen Sache. Und seine Ahnung trügt ihn nicht: Als er auf seinen Streifzügen durch die Pension die blaue Tür entdeckt und herausfindet, was dahintersteckt, landet Łukasz im größten Abenteuer seines Lebens ...

Marcin Szczygielski
Hinter der blauen Tür
Aus dem Polnischen
von Thomas Weiler
320 Seiten, gebunden

Das gesamte Programm gibt es unter
www.fischerverlage.de

fi 7-5372 / 1